SoS Band 1
Die wahren Abenteuer des Svenney O`Shea

Der Lektor

AF170132

Manus im Anus

Es gibt Manuskripte handgeschriebene Blätter.

Aber zum Glück keine Anusskripte, ...oder könnte man benutztes Toilettenpapier so nennen??

(Sven M. Bork 25.6.2019)

Ersterscheinung 21.6.2020 zum 13 Hochzeitstag
Vipy Bork Cartoons Illustrationen
Sven Bork, der Erzähler

Dank an alle die uns kennen und können.

Svenney O Shea, die wahren Abenteuer.

Impressum

E-Mails für Feedbacks, über die meine Frau und ich mich freuen.

Erzähler Svenneyoshea@gmail.com
Grafiken Vipybork@aol.com
        Querart@aol.com   und auf Facebook
                SvenneyOShea

Bibliografische Information der Deutschen Nationalbibliothek:
Die Deutsche Nationalbibliothek verzeichnet diese Publikation in der Deutschen Nationalbibliografie; detaillierte bibliografische Daten sind im Internet über http://dnb.dnb.de abrufbar.

TWENTYSIX – Der Self-Publishing-Verlag
Eine Kooperation zwischen der Verlagsgruppe Random House und BoD – Books on Demand

© 2020 Sven Bork Texte Vipy Bork Cartoons
        Querart geschützte Wortmarke
Herstellung und Verlag:
BoD – Books on Demand, Norderstedt

ISBN: 978-3-740-73338-4
Illustration: **Vipy Bork Tong Cartoon**
Übersetzung: **1:10 oder 1:15**
Erzähler: **Sven Bork**

Inhaltsverzeichnis

1.	Das Wirtshaus von Antrim	14
2.	Der Barde	33
3.	Der Plan	80
4.	zarte Bande der Liebe Entspringend sich knüpfen	86
5.	Erwachen, Erwarten und Gedöns	94
6.	Was geschah mit Sweeney O´Shea	96
7.	Begreifen und Verstehen	111
8.	Der Lektor, die Lektionen und Wo man sich sonst lecken mag	114
9.	Der Lektor	127
10.	Sweeney auf dem Weg zur Hurenfestung	148
11.	Dun Bleisce Doon, die Festung der Huren	162
12.	Die Leiden des Aiden	205
13.	Sweeney, immer noch auf dem Weg	219
14.	Limerick in Limmerick und was ein Limerick ist	221

Epilog und dann fertig.
....

Alle Rechte und Unrechte, absolut vorbehalten.
Kein Teil dieses Buches darf in irgendeiner Form (Druck, Fotokopie oder einem anderen Verfahren) ohne schriftliche Genehmigung, der QUERART (patentiertes Markenzeichen)

Oder des Autors Sven M. Bork reproduziert oder unter Verwendung elektronischer Systeme verarbeitet, vervielfältigt und verbreitet werden.

Copyright Mai 2020 Sven M. Bork/Querart
Der folgende Text existiert gar nicht, außer in meinem Kopf und ist mein geistiges Eigentum, wie dieser Text, vor Oktober auf diesen Datenträger in Schriftform gelangte, wird vom Autor mit Nichtwissen bestritten.

Jede Druckform, darf weder verbrannt, bespuckt oder beschimpft werden, es ist verboten mit dem Gesamtwerk oder Auszügen daraus, Hunde, Katzentoiletten auszulegen, Möbel auszurichten und in Waage zu setzen.

Erlaubt sind Denkanstöße, auch beidhändig mit 2 Exemplaren ausgeführt und der gebrauch dieses Machwerks, als Notabwehr oder zum Verstecken eines Flachmanns, oder einer Pistole, nicht aber für Drogen.

Die wahren Abenteuer des Sweeney O´Shea.

Vorwort

Zunächst danke ich mir selbst, weil meinereiner sich aufgerafft hat, dass was ich schon immer einmal gar nicht erzählen wollte, nun doch erzählt habe.
Erstaunlich finde ich dabei, das ich nicht einmal mit Kapitel 2 Fertig bin, jetzt im Begriff mit Kapitel 1 anzufangen, weil ich denke, das ein Buch mit dem ersten Kapitel anfangen sollte, was mir andere Bücher, die in Kapiteln unterteilt sind mir ausnahmslos bestätigen.
Die Vorlage zu diesem Buch, liegt mir vor, was das einzige an den 5 Seiten in übersichtlichen Lettern gesetzt ist, das ich mir vorliegende Anhaltspunkt habe.
Es beginnt damit, dass es das Schicksal so bestellte, das vor wenigen Wochen ich zum ersten Mal eine Runde betrat, die so um einen Tisch herum zu sitzen, beschlossen hatte.
Dieser Runde waren zugegen, Freunde der Literatur und des Schreibens, dessen einige nicht mal mächtig waren, es waren Zwangsverbrachte aus verschiedenen

Jobcentern, die in einer sinnfreien Maßnahme geparkt wurden, die darauf angelegt war, die Chancen auf dem Arbeitsmarkt zu verbessern. Es ward ein Flipchart gezeigt, der einen Globus zeigte, den ich so nie zuvor sah, den er war nicht rund, sondernPlan und die Kontinente, die kannte ich bis dahin, gar nicht.
Ich neigte, meine Neugier zu diesem Chart, stellte zu eigenen Erleichterung fest, das die Erde immer, eine Scheibe ist, was das aufgezeigte Kartenmaterial, ja eindeutig belegt. Ich konnte nur die Kontinente nicht mit dem in der Ausbildungsstätte für Segellehrer beigebrachte Geographie in Einklang bringen. Ich ärgerte mich sofort, dass ich meinen eigenen Segelschülern irrtümlich die ganze Zeit das falsche vermittelt habe, ich ging von einer Kugelform oder Geoid aus.
Freudig das ich diesen Lebensinhalt, der von mir so innig geliebte und der darin bestand, jungen Menschen, das Segeln bei zu bringen. Aber auch denen die nicht mehr so frisch waren. Sowie dem ganzen Rest, den reizenden Frauen, die Navigation und die Wetterkunde und das Recht, das auf See besteht und was sonst zum Bootsfahren gehört, zu erklären. Damit diese an einem Tag X, der als Prüfungstag gilt, nach dem Bestehen eines Testes, im multiple Joyce verfahren, das

begehrte Papier, die Berechtigung zum Führen eines Sportbootes, entweder binnen oder auf See, als Segelboot oder unter Motor über 15 PS berechtigt.

Der Kreis um den Tisch, in dem Zimmer, da sich ein Ventilator befand und bemühte, die Luft zu quirlen. War nur zufällig als Rund aufgebaut in einem Raum, der zu allem genutzt wurde, gingen alle davon aus, dass dieser Saal nur und exklusiv für Sie reserviert war und benahmen sich entsprechend besitzergreifend.

Ich selbst habe bei der letzten Stuhlkreisbildung mit diesen, beim ersten Treffen vorhandenen Personen erkannt, dieser Buchgruppe würden beengende Zeiten bevorstehen.
Beim ersten für und wieder der oben abgebildeten Zeichnung, die mein Weltbild für immer verändern wird, erfuhr ich von der unglaublichen Person des Sweeney O´Shea. Eigentlich hieß der Typ Mc Evoy oder so, stand es so auf dem Flipchart.
Mir gefiel aber später dieser Name nicht mehr, nachdem ich Kapitel 2, das mir zugeteilt wurde, abgeschlossen hatte und dann ein Kapitel 1 benötigte, den welches Buch fängt den im 2-ten Teilstück einer Geschichte an?

Dieser Sweeney, so die Idee und das beschlossene Projekt, würde um viele Kapitel oder Punkten wie es genant wurde, einen Schatz zu suchen haben, trickreich hat der Held Schlüssel aufzuspüren, die Schlösser zu finden.
Es werden Geschehnisse passieren, die meisten der Ereignisse aber nicht sofort, sondern am besten nacheinander, damit sich die Geschichte des Helden O´Shea ein wenig in einer Handlung erschließt.

So wurde es zwar von mir nicht ausdrücklich verlangt, dennoch wollte ich mir für Punkt 2, das ich Kapitel 2 nennen werde, weil es nach Kapitel 1 direkt anschließt, mit dem ich sofort, nachdem ich diese Einleitung oder das Vorwort fertig geschrieben habe, anfangen werde, einige stichpunktartige Gedanken machen.
So müssen die Personen beschrieben werden, die in diesem Teil der Geschichte vorkommen, eine Beschreibung erhalten, Ort sollte gefunden werden und eine für die Kurzweil der Leserschaft sorgende Handlung.
So beschloss ich am Vormittag, diesen Stuhlkreis zu verlassen in der festen Absicht, auf der AIDA anzuheuern und das ganze zu vergessen.

Zuhause habe ich die neue Idee von mir gewiesen, dann da war ja alles, was ich brauchte. So fing ich an, mir Gedanken über O´Shea zu gestalten, Bernadette, wie Sie ab und an liebevoll genannt wurde. Die Geliebte und Sponsorin des Abenteuer, Schatz suchen, sowie einiger anderer Figuren. Die meist, zweifelhafter Erscheinung sind, von denen ich froh bin, diese nur als Erzähler, dafür aber genau zu kennen, was mich trotzdem beunruhigt. Sollte ich bei Gelegenheit, mal einen Arzt aufsuchen, der einen auf eine Couch legt und dann Notizen macht, während man aus seinem Leben berichtet. Das immer nur den einen Satz wiedergibt „ ich darf nicht einschlafen", zumindest ist es der Satz, den man auf dem Notizblock des Seelenklempners findet, falls man ihn zufällig mal zu Gesicht bekommt.
Während ich über einen plott nach sinnierte, diesen aber nicht bewerkstelligt bekam, bemerkte ich das 20 Seiten, der Geschichte erzählt wurden, und zwar von mir, glaubt mir, ich war ebenso überrascht und verwundert, wie Sie meine lieben Leser. Da kam ich mit mir überein, nachdem das Buch, ja von dieser um einen Tisch herum sitzenden Gruppe und einem Namensschildinhaber, ja als die Abenteuer des Evoy Soundso erzählt werden ....

Erzähle ich von den wahren Abenteuern des Sweeney O´Shea.
Den so wurde es mir zugetragen und so werde ich die Geschichten aufschreiben, in erzählender Art.

Was aus dem anderen Buch wird und ob, ist mir egal. Auf die Abenteuer eines sagen wir, einfältigen Helden, bin ich ebenso gespannt und so lasse ich mich darauf ein.

Beraten und beschlossen, an irgendeinem Tag, es kann nachts gewesen sein, im Mai 2019 und heute 1 Jahr später, erscheint dieser Band 1. SoS für Gefahr oder international Mayday, in Wahrheit aber, Svenney O´Shea

HINWEIS

Zu Risiken und Nebenwirkungen, befragen Sie den Verlag oder Ihren Buchhändler.

Ich bin kein Autor, dieses Buch ist mir nicht eingefallen oder zugefallen, einige Male hingefallen, oft auch missfallen und ja, ich gestehe mit dem Lektor zusammen, beim Besprechen, fingen wir oft an zu lallen. Dieses Buch und das garantiere ich, hat keinerlei Ähnlichkeiten, mit lebenden Personen, so weit ich das zu beurteilen vermag, sollten Parallelen bestehen, sind diese vorhanden aber nicht beabsichtigt. Ich bitte Sie, vor dem Lesen des ersten Kapitels einmal folgende Begriffe zu googeln.

1. Satire
2. im höchsten Maas (Zusammenhang mit Punkt 1)
3. Spaß, Klamauk, Humor, Fake, nix echt
   Konkret krasser Scheiß oder
4. PARODIE, den nichts anderes lest ihr Folgend, ich wünsche gute Unterhaltung.

1. Das Wirtshaus von Antrim

Regen an sich ist nützlich für die Felder, das durstige Vieh. Nur für einen selbst, der seinen Durst lieber aus einem Humpen stillt, als den Kopf im Nacken liegend das unaufhörlich fallende Nass aufzunehmen, wird Regen schnell zu einer seelischen Verstimmung führen.
Dieser Fisselregen, der mürrisch fiel, was ihn aber nicht trockener gestaltete, hatte dieses milde depressiv, um das den meisten Niederschlägen inne war, vor allem wenn sie sich zu einem bedauerlichen niesel, zurückzogen.
Aber Irland, durch das zu dieser späten Stunde, ein verlorener Wanderer stapfte, über ertrinkende Wege, an ertrunkenen Feldern vorbei. Beklagenswert und allein, Irland war als vieles bekannt, aber nicht für karibische Tage oder Nächte, in der sich durchnässte, schniefende, leise weinend man seine Stiefel einen vor den nächsten setze, weil es sich so am besten lief.
Er hat auf seinem Weg so manche Kombination probiert, seitlich einen Fuß dem anderen zuführen, was eine Weile Spaß gab, dann wahnsinnig in den Oberschenkeln zog,

er lief mal rückwärts und freute sich zu sehen, woher er kam. Bald schon nach der dritten Kollision mit irgendetwas das im Weg stand, stellte er fest, dass er hinten keine Augen hatte, was für diese Art des sich Fortbewegens von Vorteil wäre.

Die ersten Tage schlappte er recht lustlos an, am dritten Tag hatte er weniger Lust zu laufen, bevor es ihm heute Morgen so gar nicht mehr gefiel.

Aber es musste weiter gehen. So lief er an traurigen Weiden vorbei, wurde von Kühen die bis zum Bauch, im Schlamm standen, angeglotzt. Er glotze zurück, ab und an traf er jemand, den er nicht kannte, aber das vermochte seine Stimmung nicht auf zu bessern, den die anderen, hatten ebenfalls miese Laune und waren von wenig erhellenden Gedanken beseelt. Was man ihnen deutlich ansah.

Der Käse, das Laib Brot und anfangs, vor allem der Wein, waren seine schönsten Momente. Aber mit dem Trauben gekelterten, den er am ersten Abend Trank, er hatte nur 5 Flaschen mitbekommen, schwindet das bisschen Freude, ächzend und gar nicht in Fahrt gekommen, beleidigt dahin.

Der Regen hatte mittlerweile keine rechte Lust mehr. Irgendwie hat ihn das unmotivierte Gesicht, des Mannes ebenso

entmutigt und so begnügte er sich damit als niesel weiter zufallen. Was für den Wanderer zermürbender war, den Nieselregen ist neben Nebel, der deprimierendste Niederschlag, der sich durch die kleinsten Ritzen durch das Gewand an die Haut treibt und dort nur störend auf die Befindlichkeit des betroffnen wirkt.
Trübsinnig, den einen Stiefel vor den anderen setzend, überlegte der Mann sich, wie es den sei, ein Wolf zu sein. Ein Pferd, dann wäre er schneller und ausdauernder. Nur der Regen würde bleiben und als Lupus oder gar Rappe, wie er so den Huf um den Korken der Weinflasche legen könne, um diese zu öffnen? Er verwarf den Gedanken und vermisste den Wein.
Der gute rote Blutwein, den sein Vater der 13-te der O´Shea, auf seinem Landsitz nahe Dublin selbst anbaute. Diesen erntete um ihn dann zu Keltern und als einen der teuersten und besten Weine Irlands ausbaute. Wie gerne würde er jetzt der Realität, die aus diesem endlosen Latschen bei einem Sauwetter bestand verlassen. Dafür Zuflucht bei einer dieser oder anderen Flaschen aus dem Weinkeller des Vaters suchen und dieser grauen, jetzt schwarzen Realität mit einem gepflegten Rausch zu entfliehen.
Wenn man so denkt, es kann nicht mehr schlimmer kommen, dann kommt es

abscheulich und ja es kam sogar bösartig. Der Sohn des O´Shea, was ihn selber zu einem O´Shea machte, dazu zu einem Sweeney, hörte von hinten Hufe trappeln. Pferdegeschirr klirrte und dieser Lärm kam immer näher, in einer aufdringlichen Art, die alles vor ihm anzuschreien schien, „Hoppla hier komm ich, aus dem Weg".
Er drehte sich um, in der Erwartung das ein edler Mensch, ihn mit hinnehmen würde, am allerbesten in eine Richtung, in die er zu gehen vorhatte. Weniger würde er sich freuen, wenn es in die Himmelsrichtung weiterginge, aus der er die letzten Tage bis hierher gelaufen ist. Im Grunde war es ihm egal und das Trappeln und schlingern und klirren, kam ohnehin aus der gleichen Richtung wie er und so fasste seine Hoffnung neuen Mut.
Ein 8 Spanner, marachte mit Tempo auf den jungen Mann zu, der uns als Sweeney o`Shea in den folgenden Wochen und Monaten, durch die Erzählung hindurch als der Hauptdarsteller dieser Geschichte begleiten wird.
Er wird schon bremsen, der Kutscher wenn er meinen einen sieht und halten und mich anfragen, wohin ich des Weges unterwegs sei und so überlegte Sweeney sich schon die Antwort auf die Frage, die ihm gar nicht gestellt wurde.

Die Kutsche kam rasend schnell näher und
bremsen, wäre bei dem Tempo zu gefährlich,
ja unmöglich gewesen. Überhaupt ein
Wunder, das dieses Fuhrwerk in dem Morast
vorankam. 8 mal 4 Huf Drive, das zieht was
weg, überlegte SoS, als das Gespann schon auf
seiner Höhe fuhr. Dabei er einen Blick in das
innerste werfen konnte, aber nur kurz, weil er
brutal von dem rücksichtslosen Kutscher
beiseite gerammt wurde und im Fallen
begriffen war.
Er sah nur kurz ein schönes ebenmäßiges
Gesicht, arrogant und hochnäsig mit
wunderschönen Augen, die abwesend durch
den O´Shea hindurch blickten.
Ja und da war es, es kam schlimmer. Sweeney
wurde nicht nur zur Seite gedrängt und fiel,
der Weg hatte die Frechheit an seiner linken
Flanke zu einer Senke abzufallen, die war
einige 100 Meter tief. Was seinen
momentanen Standpunkt von oben fallend,
durch ein rutschen auf dem Hosenboden nur
unterbrochen von mehrfachen Überschlägen,
zu einem neuen Standort „Unten" verbrachte,
von wo aus er nach oben zu schauen
vermochte, wären seine Augen nicht komplett

mit Matsch und Kleintier sowie Rehkleinkot
bedeckt und verklebt.
Aber Sweeney hatte gar nicht vor den Blick zu
erheben, den er befand sich eben ja dort oben
und hatte gar nicht die Absicht, da zu sein wo
er jetzt war. Warum sollte er dort hinsehen,
schau niemals zurück, schärfte sein Vater ihm
immer ein.
Der Regen wurde stärker, der Matsch und
Dreck begann sich in seinem Gesicht auf zu
lösen und auf die Schultern zu rutschen und
von dort den Mantel hinab auf den Boden.
So stand er da, Nass bis auf die Knochen.
Dafür immer sauberer, den auch
miesepetriger Regen, der nicht kraftvoll und
Nass, voller Elan und sich seiner selbst
bewusst, auf Personen herabfällt, hat die Gabe
des feuchten, des reinigenden. So wussten es
die Putzmägde zu berichten, wenn die am
Brunnen oder im Fluss ihr Arbeitsmaterial,
frisches Wasser schöpften.
Sweeney dachte und überlegte wie praktisch
doch zuhause ein kleiner Raum wäre, mit
lauter Löchern in der Decke und über diesem
Gelass, eine andere Kammer ohne Boden.
Diese wiederum mit Wasser gefüllt wäre, das
durch die Löcher der Decke des Raumes unter
ihm, entweichen und der Schwerkraft folgend
nach abwärts fließen würde.
Er hatte wie die ganze Familie, zwar einen
Raum, indem ein Holzmonstrum stand, das

Mutter den Waschzuber nannte. Die mit
Wasser aus der Pumpe vor dem Haus gefüllt
wurde und mit dem Nass, das aus
dampfenden Kesseln, die im gleichen Raum
auf einem Herd standen und erhitzt wurden,
zu befüllen war.

Baden der Spaß für die ganze Familie, flog SoS ein Spruch den Kopf, der überhaupt nicht mit der Zeit und der Situation in der er sich befand, kompatibel war.
Wie gerne badete der kleine Sweeney. Mehr als einmal wurde er mit dem ganzen Badewasser ausgeschüttet, in dem er oft zu heiß gebadet wurde. Was in seinem späteren Leben öfters von Nachteil sein würde, aber der Geschichte die Würze zu geben verspricht, die sie sonst nicht hätte.
In der Pubertät gab Sweeney sich gerne Experimenten an seinem reifenden Körper hin.
Er stellte fest, dass wenn die Magd auf eine spezielle Art, an seinem Unterleib herum wusch. Sich das Gebimsel das sonst nur lustlos zwischen seinen Beinen schaukelte und lächerlich, in der Wanne schrumplig aussah, zu etwas formte und anschwoll, das beeindruckend zu sein schien.
Die Magd reinigte diesen Part doch ungewöhnlich lange und mit einem ungewohnten Eifer und einem ihrerseits bestehenden Interesses.
Sweeney stellte fest, wenn die Magd dann zu irgendeiner Handreichung, von seiner Mutter oder dem Vater, der etwas anderes als die Hand bevorzugte. Welche ihm die Magd würde reichen können, aus diesem Badezimmer abgezogen wurde und er die

Bewegungen der Magd an seinem Schaft nachmachte. Sich ein Kribbeln und prickeln und allerlei Gedöns, was sich Stimulanz nennen würde, hätte man als junger Mensch dieses Wort schon gehört breitmachte. Während diese Erregung sich konstant erhöhte und stärker und darin gipfelte, dass dem Stamm, den er eben rieb, eine Eruption folgte, deren Ergebnis um die Früchte seines

Dasein, neues Leben zu schaffen. Indem es eine von der Natur so vorgesehenen Art und

weise mit einer ähnlichen Sauerei verschmolz. Welche in einer Vielzahl um die Eierstöcke einer Frau gebetet sind, sodann aber in die warmen Fluten gespritzt dort so gleich den Tod, das jähe Ende fanden.
Die unerfreuliche Nebenwirkung war, dass diese Eruption im Wasser klumpig wurde und etwas fädig gar sämig. Wie geronnener Rotz, an der Oberfläche trieb. Was dann beim aussteigen aus dem Bottich, den Effekt hatte, dass dieses soeben ins Wasser abgegebene Erbgut, aus lauter Frust sich an der Haut festklebte. Dann beim Trocknen so widerlich zog, wenn man es mit dem Handtuch nicht abbekam und bis zum nächsten Besuch des Zubers, an sich hatte.

So ein Guss, ein Schauer von oben, dachte Sweeney, sollte man Shower nennen und dieser würde jeden Dreck abspülen, an sich herunter abperlen lassen und auf nimmer wiedersehen verschwinden.
Ich sollte in den Boden, dieser „Shower" Löcher einbringen, damit das Wasser welches in seinem Eifer den Schmutz aufzunehmen, in seiner Reinlichkeit mit dem Duschenden getauscht hat, abfließen kann. So würden sogar die Quanten (Füße)gereinigt sein, so absurd der Gedanke von sauberen Mauken in dieser Zeit war.

Sweeney hatte oft Ideen, eher Visionen aber es lies sich, nahezu keine umsetzen. Teils es technisch nicht möglich war, vor allem weil SoS zwar Hände hatte, diese für das meiste leider nicht zu gebrauchen waren, was für eine Umsetzung nötig gewesen wäre.
Zeit wird es, sprach er mehr zu sich selbst, weil außer ihm kein Aas, 50 cm tief im Schlamm steckte, daher erwartete er gar nichts.
Schlllooorkssssss, „WER DA" niemand

antwortet, hätt Sweeney geahnt, dass sein Stiefel, der sich festgesaugt hatte, dies Geräusch macht, würde er auf keine Antwort gewartet haben.
Schlllllllloooooooooorkkkkssss zuppp plitsch, Sweeney bemerkte selber, dass der Schuh seinen Fuß nicht länger zierte, sondern feststeckte.
„Zum Schaaaaaitaaaaaaann, jeden Abend bekomme ich die scheiß verseuchten, Gammeltreter, diese von der dümmsten Ziege stammenden Klumpstiefel, genäht von einer flachbrüstigen xxxxxxx. ...
<< der Lektor würde das Wort ohnehin entfernen oder schlimmer umschreiben, was dem Fluch seine Dramatik nehmen würde, so tue ich es selbst, ...>>
...nicht mal mit Gewalt vom Fuß. So das ich in den Dingern schlafen muss, tagelang. Was ja seinen Vorteil hat, da wenn die Botten säuberlich geparkt auf der Fußmatte stehen, jedes Mal der Uhu aus der alten Eiche vorm Haus fällt. Ansonsten, Dämpfe bis ins Anwesen gelangen, die wenig geeignet sind, Appetit aufzubringen, um das, was Madga in der Küche immer zusammen brennt, als Mahlzeit ein zu Verleiben.
Und hier im tiefsten Scheißwald, stecken die Dinger im Dreck.
Er zerrte, riss und zog und mit einem Schmatzen bekam er der Stiefel frei. Während

er sich fragte, ob man diesen Effekt nicht nutzen könne, um zu Hause, Stiefel vom Fuß zu bekommen. Eine Art Stiefelknecht so würde er ihn nennen, die Headline in der Verkaufsanzeige müsse nur auffällig genug sein, dachte er und verwarf den Gedanken wieder, weil er nicht drauf kam, wie man diesen Effekt in eine Homeversion die

ein Kassenschlager werden würde umsetzen könnte und machte sich auf den Weg.
Falls irgendein geneigter Leser enttäuscht ist, dass ich, der Erzähler diesem Vorgang keine weitere Beachtung schenke, ist es dem Umstand geschuldet, dass es sauspät ist, Sweeney Nass bis auf die Knochen. Ihm ist arschkalt, er ist müde, hat Hunger, muss gleich kotzen. Er braucht dringend ein Gesöff und bei allem Respekt, meinen zahlenden Gönnern gegenüber, da kann ich den Tropf jetzt nicht ewig rumstehen lassen. So frierend, jämmerlich, nur um einen so simplen Akt zu verdeutlichen, wenn um diesen Matsch und Schuh doch weitaus mehr Gewese passierte.

Sweeney begab sich auf den Weg, und zwar auf den, den die Kutsche genommen hatte, den ihm war so, als würde diese direkt ins legendäre Wirtshaus von Antrim fahren und er hatte schon als kleiner Junge ein Faible für Verfolgungsjagden.
Er erklomm den matschigen Abhang, erreichte den Weg zügig und ärgerte sich, wütend ballte er die Faust, dann beide und drohte in den Himmel oder andere imaginäre Richtung.
Ähhm, ja er hatte den Stiefel vergessen anzuziehen, das habe ich euch ja nicht erzählt, dann jetzt.

Sweeney zog fluchend und grollend seinen Stiefel an, er versuchte es aber es gelang nicht. Dunkel war es, kein Mond schien helle, es gab nur ein kleines wenig Licht. Da sich der Regen verzogen hatte, was Sweeney da versuchte anzuziehen, war ein Baumstumpf, der genauso aussah wie sein, Schuhwerk das verkrustet genau neben diesem Stumpf stand. Der 2te Versuch, mit dem Botten passte besser und so schindete der Sweeney O´Shea sich erneut den steilen Abhang hoch und bemerkte, das es wesentlich leichter war, wie mit nur einem Stiefel.

So wanderte er stumpf schweigend, jeder Versuch einer Causerie hätte ihn nur aus seinem schwer erlangten Gleichgewicht gebracht, vor allem wenn eine Zustande gekommen wäre und er jemanden in der Nähe hätte, mit dem er diese Konversation betreiben könnte.
Er dachte sich, wie praktisch wäre es doch hier an dieser schönen Wegessgabelung neben einem Hinweis, wo dieser Ort Antrim den ligt, ein kleines Häuschen, ein Büdchen zu finden. Wo ein Bräter Wurst von einer Stange nimmt, die hinter ihm hängt. Diese Fleischeslust zerteilt in kleine, gleiche Stücke, sie in ein Schälchen legt, ein rotes Pulver drüber-streut, mehr tomatiges Geschmier da darauf gießt und es hungrigen Reisenden

gegen einen Obolus zu reichen. Dazu knusprige gelbe Stangen, aus der Kartoffel geschnitten, etwas Salz wäre fein, die man in die rote Soße tunkt. Dazu ein Stück Brot, um das Schälchen gänzlich auszutupfen, damit keine Tomate umsonst unter Qualen zerquetscht wurde, auf das Reisende, sich an ihr delektieren.
Aber ein Hinweis, wo diese gottverdammte Schänke liegt, würde reichen, er folgte den Spuren der Kutsche.
So machte es Sweeney schon früher immer, seine Art zu Navigieren war simpel, er folgte zu Fuß oder zu Pferd jemanden, der aussah, als würde er genau dahin wollen, wo er hin wollte. Meistens war Sweeney dann nur überrascht wo er statt, dessen ankam, aber ab und zu klappte diese Methode, was ihn dazu ermunterte diese Form der Navigation bei zu behalten, er kannte sonst keine andere.
So folgte er und wanderte weiter und immerfort und noch ein bisschen, bis es in seinem Darm zu rumoren begann.
„Ach Du Scheiße" der wahre Sinn dieser Worte wurde Sweeney sofort bewusst, den genau so war es. Während er drückte, spürte er, dass die Wurst bereits lappte, und gleichzeitig bemerkte er ein Licht, das an Intensität zunahm, je näher er kam und heller, als er ganz nah herankam.

Die Wurst winkte schon und Sweeney beschloss, bevor er das vorwitzige Scheißteil aus seinem Stiefel kippen muss, sich der Hose zu entledigen und durch drücken, den Geburtsvorgang dieses Stückes erlauchten Kotes, einzuleiten. Gesagt nahezu getan, obwohl niemand absolut gar keiner zu sehen war oder überhaupt suchte er sich einen Busch, fand ihn sogar mit schönen weichen Blättern, frischen vor allem .... die er nachher gut brauchen könnte und drückte ab. Samtweich wie geschmiert, entrückte die Fäkalie seinem Rektum und schlang sich zu Boden und bildete nein nicht einen, nicht 2 nicht nur 3, nicht 4 sondern 5 saubere Ringe und ein malerischer Zipfel. Sweeney betrachtete melancholisch und mit Stolz sein Werk und überlegte. Wie formidable es wäre, für den Fall das es etwas gäbe. Gerade im Sommer, wenn es heiß ist, eine Apparatur mit einem Hebel, wo man einen Becher unter eine Art Düse hält, aus dem eiskalte Creme floss, die auf dem Gaumen schmolz. Eine Vanillenote hinterlassend und erfrischend. Jäh durchzuckte es Sweeney, eben von träumerischen Stolz sein Werk bewundernd, das wie gegossen auf der Erde lag. War dieser inspirierende Haufen nicht mehr da, er dreht sich um und sah, wie die braune Perfektion Beine bekommen hatte und sich davon stahl,

er rieb sich die Augen, sah ein weiteres Mal hin und das Bild blieb.
Das die Scheiße am Dampfen war, das hatte er schon oft gesehen. Kot am Laufen und dann in die Richtung in die er wollte, als würde die Abscheulichkeit schreien, na los, komm, fang mich, wer erster ist und so ein Kack. Was der Scheißhaufen aber nicht tat, er glänzte nur in seiner vollendeten Pracht.

Sweeney dachte an die Schildkrötensuppe, die er aß, sein inneres Auge erblickte den Teller mit dem Tier darin und so fragte er sich, ob das Reptil lebte. Hummer kocht man ja lebendig. Austern, die schlürft man aus der Schale, nachdem der Zitronensaft die Muschel zwingt sich zusammen zu ziehen, das zuckende Fleisch das sich in der Schale windet.
Ich muss eine komplette Schildkröte erwischt haben, nur wie habe ich die so verschlingen können?

Während der Sweeney sich fragte, erkannte er, dass er auf einen Igel geschissen hatte. Er wischte behände den Allerwertesten mit den allerfeinsten Blättern ab.
Bemerkte im Wischen, wie gut es die Natur meint, aber es doch besser könnte, wenn Sie an jedem Blatt eine Perforation ins Blattende, da wo es zum Stil wird, anbringen könnte

...weil sich das Laub so komfortabler ernten Liese.
Nach diesem Scheiß schwang der Sweeney sich auf, um die letzten Meter zu überwinden, die zwischen ihm und dem Wirtshaus lagen.

2. Der Barde

„Links den Huf und rechts den Huf, ja das ist der Antrim Groove," schallte es aus der soeben geöffneten Tür, in einem freundlichen Rhythmus und doch mitreißend, die johlende Masse stampfte auf und Stompte, es war eine Freude, für dessen Rechte später einmal die erste allgemeine Verunsicherung (EAV), sich St. Pölten und die Singleauskopplung, den hinteren Vorarlberg kaufen würden.
In dem Moment wo Sweeney durch die Tür stapfte und vor dem Dussel stand, in einem lächerlich schwarzen Gewand gekleidet und die Hand hob und sagte „ uffbasse Duuu gummscht do ned nei, wechselte der Rhythmus und die Band fetze los, kein mittelalterliches Geschrappel und Gezupfe, sondern da lag Bass in der Luft und andere Aromen, das war damals eben so.

Riechsalz ersetze die Seife. Aber wenn das Parfüm den Dunst körperlichen Zerfalls nicht mehr überdecken konnte, roch die im Mieder geschnürte Pomeranze, lieber am Fläschchen. Als sich die abgestorbenen Körperzellen mal von der Haut zu schwemmen, indem sie ihren üppigen Leib in ein Schaumbad fläzte.

„Was ?" Erwiderte Sweeney freundlich und schaute irritiert zu dem Schmock vor ihn, der fragte „ Ey Schtescht uff da Lischt? (stehen Sie auf der Gäste Liste?)
„Was? "wiederholte Sweeney (Häää?)
„Du, gummscht do ned nei...." (Hier kein Eingang für Ideoten)
„Wer" (Häää)
„ Du gummscht ned nei, leierte der Man in Black" (No Entry)
„Doch, ich bin ja schon drin, Sweeney sprachs und wollte vorbei witschen.
„ Du ned, do gummsche ned nei, Kleiderordnung"
„Hääää", fragte Sweeney schlau (Wie bitte?)
„ Do inn, gumsch ned nei, weills ned sauber anzoong bisch, do anna Düüür glääbt s de Hausoordnong, gannsch need läääsee??
(Kein Eintritt, wenn ihre Garderobe der Hausordnung nicht entsprich)
„Eindeutig und fürwahr, zuerst edler Tor Knecht, in welcher Kiste mit Sand, haben wir

beide gespielt und eine Schaufel und ein Eimerchen geteilt, als das er mich duze??
„Schau er mich an, vom Kopf bis zum Scheitel, ein Gentleman. Meine Stiefel allein könnten Deine Sippe Monate nähren und das Wams ist so fein, bestickt von 3-Jährigen, weil nur deren Finger so klein sind, um das Spinnenhaar das mein Wappen,...
Das der Familie O´Shea, Sweeney hob dramatisch die Stimme und war enttäuscht das der akustisch untermalte Familienname den einlassverwehrenden Deppen, kein bisschen Erschaudern lies oder sogar auf die Knie zwang. Was daran lag, dass dieser nie etwas von O`Shea gehört hatte, wie es den meisten Planeten Bewohnern zu dieser Zeit ging.
...″zu sticken″, vollendete der enttäuschte Recke Sweeney seinen Vortrag.
„Hebe er sich hinweg, mache er den Weg frei″.
„ doo gumsch ned nei″ (Nix Eintritt)
„Die Kleiderordnung besagt, las Sweeney den Wisch der da glääbte.
Was etwa kleben bedeuten musste, den genau das tat das Papier. Dass ein Weib vollständig bekleidet, vom Kopf bis zur Sohle im sauberen Kleide zu sein hat, Schuhwerk ihren Fuß bekleide und so steht es bei den Männern der Einfachheit halber ebenfalls geschrieben.
„Schaaauber ach no.

„Und sauber" verbesserte ihn der von
O´Sheas, dass man trocken sein muss, davon
lese ich hier nichts.
Da stand er der Depp und hatte wenig zu
erwidern. Wenn Sweeney alles andere als
sauber war, schon gar nicht im Schädel und
sein Stiefel nicht mehr so neu aussah, war es
doch dieser O´Shea, der eintrat und den
Türsteher stehen lies.
Dieser aber ihm wieder keinen Einlass
gewährte. So trat Sweeney diesem heftig in
den Bauch den schwarzgekleideten, bis dieser
in der Mitte einknickte und dann vom Fuße
beschleunigt in die nächste erreichbare Ecke
abhob. Wo er sich dann von der Wand
gebremst, erst einmal nur leise wimmernd
dasaß, lauter stöhnend hinabsank und dann
laut röchelnd dalag und den Weg freigab.
„Ich hasse diese Labberrei, führt zu gar
nichts" sprach der O´Shea und setzte seinen
Plan, Einlass zu erlangen sofort um.
„jetzt geht sie los, mit ganz großen
Schritten"irgendwas mit Titten konnte
Sweeney hören, die Band war phantastisch,
eine Stimmung unglaublich, auf den Tischen
tanzten Damen, welche die Kleiderordnung
die da draußen „glääbte", weder ernst noch
genau nahmen und so manche die auf
irgendwelchem Schoße saß, hatte überhaupt
kein Kleid an, das einer Ordnung bedürfe.

Das Wirtshaus von Antrim

Überall wurde gegrölt, gesoffen, gefeiert, gemixt, gegrillt, gegessen, gekommen, gegangen, gewürfelt, gewonnen, gesponnen, gesungen und soeben gestorben, was öfters vorkam, die Gründe waren verschieden, den auf vielerlei Ableben konnte man in diesem Hause zu Antrims hoffen.
Zu Tode gesoffen, gehurt, gefickt, gebumst, durch Gewalt, wenn der Hickory Axtstiel unnachgiebiger war als die eigene Nuss, der Stiel sogar ein Axtblatt hatte, das garantiert härter war. Oder der gemeine sich amüsierende Holzfäller vergaß oft, dass es angebracht war, wenn er sich über etwas echauffierte.
Mac O`Connor, dem die Uhr des Lebens mitteilte, das er dran sei verschied heftig stöhnend und atmend. Als Maria von Ashwood mit einer 95 DDD gesegnet eher 105 EE, die sie aber in dieses hinreisende Kleid niemals hätte pressen können, und vor allem sollen, einen Niesanfall bekam. Und sich das Oberteil exorbitant spannte, der oberste Knopfes Naht den urbanen Kräften, welche da entfesselt wurden, nicht standhielt. Sich mit einem Zääääng löste, sofort auf Warp 3 beschleunigte und in die Stirn des O`Connor eindrang, was diesem nicht guttat.
Er fiel dann sofort und anständig um, klammerte sich nicht an seinem Leben, er ließ es los. Ja loslassen in einigen hundert Jahren

würde es Seminare geben, die sich mit diesem Thema befassen. Sehr teuer sind und in denen man vor allem lernen würde, den eigenen Geldbeutel nicht zu um Klammern und wie gut man sich fühlt, wenn man losgelassen hat. Während andere danach willig und gierig zugreifen und der olle Mac O Connor wurde in diesem Moment zu einem Pioneer.

Selig sein Lächeln, den das was er zuletzt gesehen hat, war der Stirnwunde genau zu entnehmen. Bildet man den linearen Weg vom Knopf Ursprungsplatz zur Stirn, hatte man exakt die Achse, wohin der geile alte Greis, zuvor sein Augenmerk gelenkt hatte. Es war eindeutig, dass er zwischen genau 2 x 105 EE geblickt hatte. Was den Seeligen Ausdruck, der etwas dümmlich war dabei, erklärte und somit war klar, er starb mit dem Blick auf monstermäßige Gesäuge, die doch auffällig drapiert waren und in der Auslage recht gekonnt angeboten wurden.

Wer möchte nicht so sterben, gut der Mercedes unter den Todesarten ist, immer zwischen zweier solcher Monster zu ersticken, nachdem man sich ausgiebig leergepumpt hat. Was oft vor kommt, zumindest im 21 Jahrhundert in irgendwelchen Thaimassagen. Ob auf Phuket, Pattaya und in Bangkok, wo Opa

Muckermann leblos auf der Mai Lin liegt, nachdem das Herz ihm schmerzhaft mitgeteilt hat, das es für diese Anstrengungen zu alt ist.

Und das die blaue dreieckige Pille, zwar den Stand der Dinge gut und gerne wieder herstellt, aber es ihm den Zentralmuskel, welcher das Blut durch Aorten pumpt, gar nichts bringt, außer Leid und die Lust aufzugeben.
Da es, das Herz davon ausgeht, das eine Drohung, durch sagen wir leichtes Herzkammerflimmern oder einen Teilkollaps nichts bringen wird. Aber jede andere Art von Warnung, zu 99,9% in den Wind geschlagen wird, weil das Hirn einen guten Meter tiefer gerutscht ist. Ebenfalls in 2 Hirnhälften unterteilt, die nicht mal am Hypothalamus zusammengefügt, sondern bällig als Einzelorgane funktionieren, das Denken übernommen haben, hat das Herz beschlossen, den bei der Geburt geschlossenen Vertrag einseitig zu beenden. Für den geilen Knallkopf, den der Reiseprospekt den Golf von Thailand versprochen hat, der Traum Tod schlechthin und genauso wurde es in seinem Lieblingspornofilm, Fick und Fotzi, zwei Turbogeile Stewardessen Nymphomaninnen auf dem Linienflug im Bumsbomber nach Bangkok beschrieben.

Sweeney ging zielsicher auf einen der Tische zu, auf dem kein Weibsstück barfuß herum wackelte. Er wollte etwas Essen und Füße die nicht in zarter Versuchung, durch einen Seidenstrumpf verborgen, verdarben ihm den Appetit, wenn nicht heute da brauchte er keinen, er hatte einen Bärenhunger.
Krachend lies er sich auf das einfachgefertigte Sitzmöbel fallen. Er knallte mit der flachen Hand auf den Tisch und verkündete, Wein Weib und Gesang kann ich mir nicht leisten, aber für heut nehme ich mit dem Wein, was zu essen vorlieb. Wenn es eine Kammer gibt, in der ich mein müdes Haupt betten könne, so wäre es mir Recht.

    Er sprachs und die Worte verhallten, ungehört. Den keine Sau nahm Notiz von Sweeney, was daran lag das die Anwesenden Schweine, vor allem in der Küche anzutreffen waren, dort nicht mehr den Anspruch hatten, einer vorgetragenen Bitte Gehör zu gewähren. Sie waren, mit einem anderem werden beschäftigt, dass werden zu einer Mahlzeit.

Schwein wurde zu Haxe, zu Eisbein gepökelt zu Sülze dem SPAM, als Rippe, Kotelett oder gegrillt. Sonst in weiterer Form angeboten, im Gegensatz zu jedem anderen irischen Restaurant wo es ausschließlich LAMM gab, aus dem die meisten Nationalgerichte Irlands bestanden. Das Antrim aber stand für

Sauereien, auf dem Tisch im Magen und sonst.
Niemand schien sich für den Helden zu interessieren, der hungrig und mit einem Durst, Platz genommen hatte. So stellte der Sweeney sich wieder auf die Füße. Schlurfte an den Tresen, wo er sich einen ca 50-jährigen Greis (damals war man mit 40 schon alt) der den Wirt darstellte, was man an seiner Montur leicht erkannte, am Kragen schnappte, diesen kurz anhob und ihn ansprach.

„Gevatter ich hatte einen langen Weg,
ich hab einen Hunger und einen Durst.
Aber,
bin kein Verehrer,
aber ich mache gleich Deine Kasse leerer,
drum stell ihn mir hin 1-2-3
von der Sau eine kleine Schlemmerei,
dann noch einen Humpen vom Fass, aber Schenk gut ein,
sonst kassiere ich euer Leben ein.
Und wenn ihr schon dabei seid,
für mich noch eine weitere Freid
Vom Weine dem guten würd ich gerne trinken
auch wenn meine Füße aus den Stiefeln stinken
den Schnaps danach lass ich nicht aus,
trabt nun ab und bringt mir den

Schmaus."
Da ginge er fort, und lies den Wirt aus seinen Händen raus.

Es dauerte nicht lange und ein weiß gewandeter dicker, walzte zu dem Tisch, an dem Sweeney wartete, in dem er dem Treiben zu sah und das Treiben, ihn den Sweeney bemerkt zu haben schien. Von überall kamen Blicke auf ihn zu.
Der dicke wuchs vor dem Tisch, des Sweeney auf schaute bärbeißig zu dem da sitzen hinab undeutlich und legte los.

„Hey Du Schmock, du hörst gleich ein Kroock
Dein Schädel wird es sein, aber nicht vom Wein
mit diesem Stock, schlag ich ihn dir gleich ein"

„Du willst essen von dem Schwein,
Deine Artgenossen passen in dich doch gar nicht rein.

Weißt Du was?
Ich krieg gleich den Hass,
und Du einen Laufpass.

Sweeney:
„Hey Du Bettel, renn zu Deiner Vettel

In die Küche rein,
aber fall nicht über mein Bein.
Wenns nicht gleich was auf diesem Tisch zu essen hat,
dann mache ich dich ganz schnell platt."

„Nimm Deinen Stock, mach daraus nen Pflock
treib ihn dir in den Arsch
ich werde hier gleich barsch."

„Gleich werd ich sehen, wie Du kuckst
Wenn Dein eigenes Blut Du spuckst"

„Deine Zähne kannst Dir auch gleich an Sehen.
Denn die werden sich gleich auf dem Tisch hier drehen".

„Trab schnell ab, mach Dir den Spaß,
und gebe in Deiner Küche Gas.
Ich will, was ich will.
Weil ich dich sonst ganz einfach KILL".

Siehst Du das Messer?
Verstehst Du mich jetzt besser?
Wen ich dich nicht gleich von hinten seh,
tue ich Dir, damit weh.

Der Koch
„Verzeiht mir Herr, ich habe kaum gepennt.
Ihr habt da ein wirklich gutes Argument".

Drum werd ich mich jetzt sputen
Hab für euch Keulen von den Puten

„Den Wein zapf ich aus dem besten Fass,
setzt euch ans Feuer, ihr seid ganz nass.
Ein Bier vorab ich lass es euch bringen
verzeiht mir Herr, wir müssen heute nicht Ringen"

Sweeney
„Für Gastfreundlichkeit seid ihr bekannt,
Hier und dort, in meinem Land.
Ich sehe, ihr habt verstanden.
Sagt mal, wie kann man bei der Frau da hinten landen.
Sie ist so schön wie gefallener Schnee,
sagt
Wer ist sie...
Sonst tue ich euch weh".

Der Koch
Bernadette, ihre Mutter ist ne fette aber, alle Wette.
Ihr Vater der ist Lette.
Sie ist ne feine Dame, nicht aus dem Hause für arme.

Ne gute Partie, so eine Gelegenheit bekommt
Ihr sonst nie.
Dazu ist sie Single
HEY HEY BAND spielt jetzt einen Jingle...

Die Band tat es und Der Koch fleuchte in
seine Küche und Sweeney war rundum
zufrieden.
Komischer Typ dachte er, genau wie der Wirt,
hier bekommt man nichts auf normalem
Weg, nur in Reimen muss man hier
schleimen, die sind doch gaga.

Aber Sweeney hatte, was er wollte oder bald
zumindest, etwas Warmes im Bauch, was
Kaltes zu trinken. Tabak im Beutel für das
Pfeifchen danach, er überlegte kurz ob er, was
von dem feinen Plattentabak hatte, der so gut
roch wenn er ihn entzündete und von dem er
immer so blendend draufkam.
Das attraktive Fräulein das dahinten angeregt
mit sich selbst stand, er überlegte woher er sie
kannte, er hatte sie gesehen, da war er sicher,
nur wo.
Er blickte zu ihr hin, sie schaute zurück aber
ohne Interesse.
 Sweeney beließ es erst mal dabei, den der
Koch Höchstselbst schleppte Tablette, die
sich bogen.
Sweeney besah sich die Schweinerrei und
stellte fest, das es gut ward, die Keulen vom

Puter, der in der Region aber Turkey genannt wurde, was in späteren Jahren der Begriff für auf Entzug sein, von Drogen wurde.
Er schmatzte ordentlich, rülpste, was das Zeug hielt, damals war das höflich und Luthers Martin fragte einst in die Runde, warum furzet und rülpset ihr nicht, hat es euch nicht geschmacket!?
Dem Sweeney hat es Geschmacket und gefurzt wurde ordentlich, er hielt kurz inne, im Rülpsen und furzen, den beim letzten Ausstoß, der ein Krachen war, kein Jammerton wandernder Darmgase, sondern ein ordentlicher Röhrer, kam Land mit.
Ich bin gar nicht so groß, sitze aber wenigstens nicht in, sondern auf der Scheiße.
Gut gelaunt nach dem ersten Krug Bier, dem er einen weiteren folgen ließ. Damit der vorher sich nicht verlaufe und im Begriff war, ein dritten an zu setzen, der für den Brand war, den er verspürte. Den der Haxen von der dicken Sau, da war ordentlich Pfeffer dran.
Ein Krüglein Rebensaft, „den fein schmeckt der Wein aus einem Krug von Stein," fiel ihm ein, folgte und er bestellte einen weiteren. Was uns sagt, der erste wird gemundet haben, den er verlangte die gleiche Sorte.

Zielsicher, wandelte er in einer konzentriert geraden Schlangenlinie, unter Ausnutzung des gesamten Schankraumes, auf das Weib

zu, das ihm als Bernadette vom Koch benannt wurde und kam eindrucksvoll und direkt vor ihr zum Stehen.
Das sein Gesicht in Ihrem Ausschnitt lag, was heißt fast, er hatte sein Antlitz mit diesem Dekoletté schon vermischt, pikierte die als Bernadette angepriesene, was den Svenney aber nicht störte.
„Küüs die Hand gnäääääädige Frau mei Was sind ihre Augen Blau. Sprach er Bernadette an.
„Mein Bustier gefällt ihnen offensichtlich" es war Blau, das Bustier.
„Ich beneide es, trotz der harten Arbeit, welche diese Halbschalen zu leisten haben, würde ich mein Leben dafür geben, mit ihnen zu tauschen".
„Ihr Dasein werden Sie sicher verlieren, wenn sie weiter in meinen Ausschnitt glotzen" fügte Bernadette hinzu, meinte es aber gar nicht so, den Sie war kurz davor sich, sein Leben selbst zu nehmen. Irgendwie fand sie diesen Kerl widerlich, was er war, aber Sweeney sah sich anders, ungemein gelungen und man möcht der Natur gratulieren, für seine Schöpfung.
„Fräulein, ich habe Sie schon mal gesehen, weiß nur nicht wo und welchen Ortes, aber wer Sie jemals sah, vergisst Sie nie mehr,...."
„Ich glaube kaum, das Wir uns je begegnet sind", sprach die Bernadette.

„Sicher" bekräftigte SoS, extrem
selbstbewusst, sonst wüssten Sie ja, genau wer
ich bin!
Egal Sweeney O´Shea aus Dublin, stellte er
sich vor und Sie sind Bernadette.
„Wer hat euch das gesagt".
„Wer sagt, das es mir, wer gesagt hat",
konterte der Sohn des alten O´Shea".
„Wer außer euch kann einen solch schönen
Namen bekleiden und der war das Erste, was
mir einfiel, als ich euch sah."
Das zweite das Sweeney auffiel, als er sie sah,
sprach er zum Glück oder hoffentlich nicht
aus. Er stellte fest, dass diese Frau
außerordentlich teuer, und edel gekleidet
war. Ihre vornehm makellose weiße Haut,
Alabaster, wie feinster italienischer Marmor,
nur durch rote Adern durchzogen, bedeckt
von zarter Spitze und ein Umhang aus edlem
Samt, mit goldenen Stickereien, der riesige
Reifrock, zeugte von Reichtum, von Stand
und Macht, edles Geblüt.
Er begutachtet den Rock wie ein Kenner, ein
Schneider gar Bildhauer und er betrachtete
ihn lange und ausgiebig. Nicht der Stoff oder
Schnitt fesselte ihn, das Material, die Schnüre
und Bänder, sondern er stellte sich vor ob
unter dem Gewand, der volle Zugriff galt.
Wird eine Schicht Unterkleid, eine Lage dies
und jenes und dann sich erst die Unterwäsche

befände. Dem dann darunter widmete er seine leidenschaftlichsten Gedanken.
„Was seht ihr mich so an" ? Unterbrach Sie des Sweeney Hirnakrobatik, der sich vorstellte, das wenn diese Schenkel und Waden ebenso weiß waren, wie ein Glas Milch mit einem Tau von Honig. Schwarze Seidenstrümpfe, angenehm aussehen würden und eine Symbiose mit ihrem Schamhaar eingehen würde, das wie gesponnen Seide in dem Kerzenlicht schimmern würde, in dem er Sie nehmen wird. Er hoffte auf seiner Kammer würde der Wirt eine Kerze bereithalten, den Öllampen bereitete ihm Migräne und da war er unleidlich.
„Was seht ihr mich so an".
„Wie"„ so durchdringend, man könnte meinen, ihr zieht mich aus, mit diesem Blick"
„Geht das" fragte Sweeney geistesabwesend und dann etwas Törichtes, Ma´ am verzeiht die Band, scheint gewechselt zu haben, irgendwo schreit ein Kind, während die Amme an Saiten reißt oder so, wie mir das vorkommt.
„Ach das wird der Barde sein, den Sie hier haben, von überall her kommen die Kenner der Musik und lauschen seinen Erzählungen, auch wenn alles nur Spinnerei ist, die Geschichten eine Mär aber er trägt sie gut vor. Was? Die Kutschen und Gespanne quälen sich den Weg entlang, um das da zu hören,

wer in Dublin so schräg singt, wird vor dem Wirtshaus in den Baum gehängt.

Wohlan dann lasset uns doch zu dem Barden gehen, ihm lauschen, sicher fällt mir ein, wo unsere erste Begegnung war, und ich hätte euch gerne in meiner Nähe, wenn es mir einfällt.
Galant wäre geprahlt aber für einem O´Shea doch beachtlich, bot er Bernadette den Arm und wollte Sie auf eine Bank, die dem Barden nahe stand geleiten, da trat ein edel gekleideter Geschäftsmann zwischen die beiden und raunte, „Sir diese Dame ist mit mir hier, gestatten Smith aus Gatewick"
„Nicht mehr Herr aus Gatewick, ich komme aus Dublin, einem Dublin von einem anderen Planeten.

 O´Shea, Sweeney O´Shea können Sie morgen in ihrem Pub in Gatewick prahlen, haben sie getroffen, keinen geringeren und nun gehen Sie aus dem Weg, ich habe mich um diese Lady zu kümmern.
Smith stand ohne alles, vor allem ohne Argumente im Raum, den zu durchqueren, um den beiden zu Folgen ihm so spontan nicht einfiel.
So blieb ihm nur dieser Standort, und eine Kinnlade, die ihm aufklappte und wieder zu, damit er sie erneut aufklappen konnte.

Als Sweeney der Dame an seiner Seite,
charmant den Platz anbot, indem er sie auf
die Bank drückte, sich neben sie setzte, hatte
er den Fremden aus Gatewick schon
vergessen.

Der Barde begann.

„Tingeling tiiin Ting von dem Schatz ich
sing
deheeem Schatz, den ich besing.

Tue ich hier jetzt Kunde, bin mit Gott im
Bunde
Bezeuge in dieser Runde.

Diiiing Dooong, der Schatz ist Rot,
der Schatz ist Rot.
Er frisst kein Brot
Ding Dong der Schatz ist rot aber,
suchen tut jetzt not.

Unter dem Stein vom Patrick
Den Hinweis gern hätt ich.
Hast Du ihn gefunden,
bist du nah dem Runden,
denn der Ring, der ist zu finden,

ich selbst habe ihn gesehen, bei einem
Blinden.

Der ihn mir dann gab,
ich versprach auf sein Grab,
setze mein Gaul in den Trab,
der Blinde dem Tode erlag.
Ich hatte gelogen, kein Pferd,
um zu reiten, den Bogen, den weiten.
Nach Olbay an der Küste die Wogen zu
sehen,
ich zog vor, zur Festung der Huren zu gehen
und da ist es geschehen.

    Den Ring hab ich seitdem nicht mehr,
    trage daran recht schwer.

Ich habe gehurt.
Den seid meiner Geburt,
folgte ich jeder Furt,
die in ein Hurenhaus lud,
dem Weib zu erliegen, sie zu ficken mich an
ihr zu schmiegen.

Den Wein aus ihrem Nabel zu schlürfen,
ja das werde ich dürfen.
Den Wein ich aus anderen Löchern genoss,
mir beinah die Mama San in den Kopf,
einen Pfeil schoss.
Dann habe ich sie genommen, dafür hätt
Sie 10 Pfund bekomme.

Die aber hatte ich schon der Maria gegeben,
sie hat 3 Nächte in meinem Bett, mit mir gelegen.
   Gelenkig und so behände, sie hatte so zarte Hände und ihr Mund brachte mich so oft zu Ende.
 Es floss Schweiß beim Liebesspiel so heiß, alles hat seinen Preis wie jeder weiß.
So ruinierte mich die Mari, nur genug hatte ich nie.

Die Mama San die Mama San, die vieles so gut wie Ficken kann.
Ich zog mich schnell an und wollte entweichen, da traf mich am Kopf ein Klotz aus den Eichen.

Ich ging zu Boden,
ein Griff an die Hoden.
Da war ich gefangen und dann hat sie mich aufgehangen.

Gib mir mein Geld und ich verschone dein Leben,
den sonst bleibst Du Lump für immer da oben Kleben.
Ich sagte Nein, was soll das sein,
Mama San schaute Bös,
 sah ich es dann halt ein.

Mein Ring ich ihr gab, der Wert tausendfach
ich wollte aber runter, raus aus ihrem
Gemach.
Doch Sie hielt mich in Schaaaaach.

Gib her das Ding, bringt mir kein Gewinn,
ich habe aber mehr Geld im Sinn.

So sprach sie es laut, bring mir den Zaster ...
sonst bekomme ich einen Ausraster.

Geh hinfort, Du dummer Mann und beeil
dich und schaffe die Kohle hier ran.
Bringst Du mir die Zeche plus den Obolus,
aus Bleche,
dann seh ich davon ab,
aber sonst ich mich räche.

So ging ich von dannen, aus dem Hurenhaus,
und stand unter den Tannen,
Wie ich so blickte, neben mir mehr
Geschicke, das hat man vom, zu vielen
Geficke.
Da standen wir da ohne Geld und Hose,
vom Untergewand der Bund war lose.

Doch nichts dauert ewig lange, mir war es
nicht bange,
den es war eine schöne Zeit, bevor es begann
mein Leid.

Weil das Geld nicht mehr im Beutel wahr den
Huren komm ich immer zu nah.

In ihrer körperlichen Perfektion
und für die Erektion, ich es gab dem
Hurending
Die mit meinem ...., zu spielen an fing.

Steh ich hier draußen,
neben den anderen Flaschen, linksaußen.
Kann mir gar nichts mehr kaufen,
nicht mal was zum Saufen.

Die neben mir Fragen,
kann ich mir versagen, den eines ist gewiss,
denen blieb nicht mal ihr Gebiss.
Wofür die Mama San am bekanntesten
isssssssss (der Barde zog den Ton extrem
lang)

Ich tapperte eins, zwei, drei
Bis hierher ins Antrim , aber das ist einerlei.

Den Schatz besessen, doch kann ich´s
vergessen?
Den, den Schlüssel am Ring, bei diesem
wilden Ding.

Nur dieser Ring, der mir verging, obgleich ich
so wahnsinnig an ihm hing.
Bringt einen anderen als mich hin.

Zum Schatz, dem Schatz der Schätze,
bewacht von nem Typen mit Krätze,
mit Füßen die stinken wie Jauche,
weshalb ich das Wort Monster gebrauche,
mit Händen so groß wie Bratpfannen, die
jeden Faustkampf gewannen.

Einem Kopf wie eine Kartoffel, verbeult,
hässlich und schofel.
Beine wie Baumstämme, wenn sie dich
Treten, reißen in den Augen, die Dämme.

Aber hast Du den Schlüssel den letzten,
wird er Dich nicht zerfetzen,
den dann wird er wissen, du weißt es das
Geheimnis, dass nicht mehr geheim ist.

10 Schlüssel und Orte musst Du finden.
Drum besser Du gehörst nicht zu den
Blinden.

Deine Augen sie werden fragen.
Deine Beine werden dich tragen.
Deine Arme müssen sich wehren
Du selbst sollst jeden Hinweis ehren..

Denn niemand verschenkt einen Schatz,
und ohne Reim beende keinen Satz.
Nur wenn Du mutig und stark
Du glaubst diesem ganzen Quark,

entrinnst dem Sarg und bekommst
obendrein, mein Schätzelein.
Zuerst wirst Du Dich sputen.
Bei der Mama San die Schulden bluten.
Vergesse nicht, einen Obolus zu geben,
sonst wird sie Dir eine kleben.
Statt dem Ring, dem himmlischen
Ding, den Du dann gleich zum mir bring.
Und gemeinsam gehen wir dann fort um zu Suchen
Den Schatz und ohne zu fluchen, den ein Greif
Der allein den Abschnitt kennt, den man unbedarft verpennt.
Und falsch abzweigt, weil man dazu neigt.
Fehler zu machen und andere dümmere Sachen.
Der Greif ist ein Teil der Navigation.
Schwer zu glauben, aber was bringt es Schon?

Fasse Dir ein Herz dies ist kein Scherz.
Der Schatz existiert, doch der Preis ist Dein Schmerz.

Doch wirst Du ihn finden, kannst Du heilen die Blinden.

Und wenn das nicht stimmt, weil die Geschichte es nimmt,
dann kannst du Dir alles leisten,
und vom Besten am meisten .

Bring mir , oh bring mir den Schlüssel her,
das Warten endlich vorbei wär.

Dieses Lied ich zum 1000 sten mal singe.
Damit mal einer von euch ginge den Schlüssel
zu holen.
Es ist nicht gestohlen, singen Amseln und die
Dohlen.
Den als Pfand er der Mama San vermacht, sie
ihn auslöst, wenn Du meinen Gruß erbracht.

Oh bring mir oh bring mir den Schatz.
Und jetzt alle ....

Oh bring mir oh bring mir den
Schaaaaaaaaaaatz

Ja   briiiiiiing miiiiiiiiir den
Schaaaaaaaaaaaaaatz

Applaus beendete die abendliche Darbietung
des Barden, alle lauschten ergriffen und
Sweeney würde bewegt lauschen, wenn er
nicht abgelenkt wäre, von den beiden Brüsten
der Bernadette, die sich in seiner Phantasie
miteinander und über Sweeney unterhielten.
Natürlich wusste ein O´Shea, das sich
Oberweiten nicht einträchtig zu unterhalten
pflegten, aber der Gedanke war angenehm

und so behielt er ihn, während der Barde seine Ode an den Schatz röhrte.

Die Gedanken sahen so aus:
„Was für ein attraktiver Gentlemen", sagte die Linke.
„Ja, wundervoll und diese Ausstrahlung", sagte die Rechte.
„Ob er mich gerne berühren würde,"?
Fragte die Links stehende.
„Ja so in die Hand und quetschen", sagte die Rechte.
„Meinen Nippel drehen, einmal ums sich selbst", sagte die Links.
„Ja, bis er zu reißen droht und dann dieses Prickeln einsetzt", bemerkte die Rechte.
„Mich dürfte er beißen, seine ebenmäßigen Zähne in mein Fleisch schlagen", ergänzte die Linke.

    Ja jaaaaa und den Nippel saugen, bis er hart wie Stein ist und dran ziehen, stöhnte die Rechte,

    „und dann hinter dieses Weib stellen und uns beide von hinten an den Leib quetschen, winselten beide.
„O´Shea, wo starren Sie hin," wurde Sweeney in seinem Gedanken aus eben diesem, Vertrieben und wurde sich bewusst, das die beiden die eben im Dialog standen, jetzt in ihren Körbchen zu schlummern schienen.

„O´Shea, ihnen rinnt ja der Speichel vom Kinn" benehmen Sie sich, man schaut schon hierhin".

„Das reimt sich aber hübsch, edle Bernadette , wie wohlklingend Ihre Stimme ist, auch wenn Sie Unsinn reden, ich war ganz bei dem Barden und seinem Lied über Huren und den ganzen schönen Sachen, die er besang, wieso hat er aufgehört?"
„Er war fertig" antwortete Bernadette.
„Ja so sah er auch, auch ganz schön mitgenommen, ich glaube, er raucht Gift Umanach oder nascht am Stechapfel, so wie der aussieht."
„Ich glaube eher, Ihr seid solchem Kraute geneigt, klar im und beim Verstande seid ihr keineswegs, „ stellte die schöne Lady fest.

„Iiih bewahre, bin von Natur, so wie ich bin, kann CO 2 sehen, auch wenn ich gar nicht weiß was das ist und sein soll. Aber es ist überall um uns, in der Luft und ich ahne, dass es später, einmal wenn es uns nicht mehr gibt, für allerlei zuständig sein wird und das nicht im Positiven.
„Sagt holde Bernadette , habt ihr schon mal von einer Greta gehört?, Dieser Name taucht immer wieder in meinen Visionen auf, wenn ich dieses CO_2 von dem ich nicht weis, was es ist, sehe".

„Nein" antworte Bernadette ehrlich und schüttelte ihren Kopf und tippte sich bedeutungsvoll mit dem Zeigefinger an die Stirn.
„Ihr Augenabstand stimmt nicht und ansonsten, der möchte ich nicht begegnen, unheimlich das Kind"
Bernadette beschloss nichts zu erwidern, der Sweeney wird sich sonst ermuntert sehen und weiter blödes Zeug reden, was er zu gerne, trotzdem tat.
„Wovon hat der Barde gesungen, schöne Frau", nahm Sweeney nach quälenden Sekunden des Schweigens den Gesprächsfaden wieder auf. Er wollte Bernadette in ein Gespräch verstricken, um sie zu verheddern, in der Hoffnung das sie sich heute hingäbe. Den der Dialog ihrer Milchdrüsen, machte ihn scharf, weil er fest daran glaubte, er habe stattgefunden, da dieser so realistisch war und beide Brüste ihn so vortrefflich, als charmant und attraktiv beschrieben.

„Er besang einen Schatz, den er zum Greifen nahe hatte, zumindest was die nächste Prüfung betraf.
Leider hat er den Schlüssel, den er benötigte, um näher zu kommen, in einem Hurenhaus versetzt deren Rechnung er nicht begleichen konnte und das da noch mehrere Schlüssel

sind und das der Schatz unermesslich wertvoll ist.
Und vor allem real existiert und ich alle Details weiß und dem ersten besten, der mir diesen Schlüssel wieder bringt, an diesem Schatz zur Hälfte beteilige" unterbrach der Barde die Unterhaltung, zum Missfallen von SoS.
„Wer seid ihr?" Sweeney war zu versunken in die Milchtheke der Frau, in die er sich zu verlieben gedachte. Als das er dem Barden irgendwelche Aufmerksamkeit geschenkt haben würde, was er beim Fehlen dieser Milchbar nicht getan hätte, weil er mit dem Gedanken beschäftigt gewesen wäre, warum diese wundervolle Frau keine hat.
Sweeney war großen Oberweiten, zugetan, er liebte es sie auf seinem Kopf, zu spüren, was ihn beruhigte. Am Liebsten hätte einen Busen als Hut getragen, fand aber keine Eigentümerin, die sich bereit erklärte einen der Ihren, für ihn abzugeben, bedauerlich. Gleichzeitig dachte er, das Thema Haltbarkeit sei ein Argument, diesen Hut nur als Traum im Herzen zu tragen, anstatt auf seinen Kopf, wohin ein Hut zweifellos gehörte.
An heißen Sommertagen müsse er diese traumhafte Kopfbedeckung ohnehin zu Hause lassen, weil der Geruch von angebrannter Milch, nicht dazu angetan sei, gute Laune zu erhalten, eher schlechte zu erzeugen.

Sweeney erinnerte sich an seine Kindheit, als es einmal schrecklich nach verbrannter Milch stank und er seine Mutter fragte, die ihrem Sohn aber niemals zuhörte oder ihm andererseits Aufmerksamkeit irgendeiner Art schenkte, „Mama was stinkt den so entsetzlich, nach verbrannter Milch" und die Angesprochene geistesabwesend antwortete, jetzt nicht die Amme hat Fieber und der Bub diese Antwort für bare Münze nahm.
Der Barde war, während Sweeney seinen Gedanken nachhing, mit Bernadette ins Gespräch gekommen und diese schon unendlich aufmerksam sie klebte an den Lippen des Barden.
Kurze Zeit nur, später hing etwas anders an des Sängers Schnute, und zwar eine flache gestreckte Faust, die Sweeney gehörte und dieser sie in der Absicht, das sie die Lippen treffen würde und diese dann anschwellen, dorthin verbrachte.
Wie meistens, wenn Sweeney diesen Trick mit der gestreckten Hand anwendete, passierte das beabsichtigte. Die Lippen des Barden wurden Rot, groß und größer und die obere platzte keck, worauf sich ein Blutklecks aus dieser Umgebung löste und in das üppige Dekolletee platschte und wundervoll aus sah. Bezaubernd in seiner Rundheit und weswegen späteren Datums viele Frauen sich einen solchen Schönheitsfleck zulegten und diesen

gerne an ihren Auslagen befestigten. Vor allem an den Wangen und im indischen Archipel, da wo man so lustigen und vielen Göttern huldigte, einer der aussah wie ein Elefant und den drolligen Namen Ganesh führte, sich auf die Stirn klebten.
Sweeney war hingerissen, zu gerne hätte er ein Foto gehabt, aber weil der Vater von Daguerre so unglaublich schüchtern war, um eine Frau anzusprechen und dann einen Sohn zu zeugen. Der Großvater, lebte zu jener Zeit gar nicht, was dumm war, denn genau dieser Mensch war es, der die Daguerre Typen erfand, die damals schon leidlich, diesen Blutfleck, der sich als Schönheitsfleck verkleidete, hätte in ein Bild bannen können.

Leider konnte der Sweeney nicht viel, vor allem nicht malen und so wird diese Erinnerung schon bald verschwinden. Wäre da nicht dieser Daguerre, der später Ladys, die einen Schönheitsfleck trugen, photographierte. Wie der Fotograf von Mahatma Gandhi's Frau, die genau wie ihre Tochter Indira Gandhi einen solchen mitten auf der Stirn trug, was absolut und gar nicht so schmückend wirkte wie die Schönheitspunkte die Europäische Frauen, ganz wo anders anbrachten.

„Ihr starrt" wurde Sveeney aus seiner bewundernden Betrachtung gerissen.
„Was habt ihr dem Barden angetan, warum? Fragte die ihn aus seiner faszinierten Begutachtung reißende Stimme.

„Ich" warf sich Sweeney in die Brust.
„Ich habe eure Ehre verteidigt, indem ich diesen Wüstling der euch belästigt hat, die Gosche geschlossen habe"
„Dieser Mensch hat mich nicht belästigt"
„Halleluja, das meine Methode wirkt, eine Belästigung zu unterbinden, war ich gewiss. Aber das sie rückwirkend eine Zudringlichkeit gar nicht entstehen lässt, Madame ich weiß ihr könnt mir nicht genug danken. Ich bin bescheiden und sicher gibt es etwas, das ich euch nicht und niemals abschlagen könnte, wenn ihr es mir aufdrängt".
„Wie...was, ich euch aufdränge, abschlagen... ich versteh nicht" stammelte die Bernadette?
„Seid gewiss, dass ich Mylady niemals in eurer Ehre kränken werde, wenn ihr den Schoß mir offenbart. Mit Freude werde ich euch in der Kammer annehmen und genießen, was immer ihr meinen Lippen und Fingern anbietet. Egal ob ich es streicheln, liebend kosen oder hart behandeln soll, euer Dank wird meine Lust sein. Ja ich bin mir bewusst, dass ich ihn verdient habe und ihr mit eurer

Anbietsamkeit aufrichtiger Dankbarkeit mir gegenüber, richtig liegt.

Bernadette, die es gewohnt war, das letzte Wort zu haben, klappte der Teil des Gesichtes herunter, der am Kauknochen, dem Kiefer unterhalb befestigt war. Welcher es ermöglichte Speisen durch Kauen zu zerkleinern oder zu einem wiehernden Lachen, andernfalls wenn man ein Pferd imitieren wollten, nach unten zu gleiten, und wieder hochgezogen werden konnte.

Sweeney betrachte dies als eine ortsgebundene Geste die Zustimmung ausdrückt, und zog Bernadette nah an sich heran.
Diese hingegen, beeilte sich einen Schritt, Distanz zu gewinnen. Später einmal wird von einer Bürgermeisterin einer deutschen Domstadt, von einer Armlänge Abstand gesprochen werden. Deren Einhaltung und Distanz verhindern soll, dass Finger in Kleidungsstücke, vor allem unter solche oder sogar Körperöffnungen gleiten, die dort nicht hingehören und außerdem nicht erwünscht sind. Sie entließ ihre flache Faust, die sich wahnsinnig schnell von links näherte und dem Sweeney das Ohr traf.
Dieses schwoll sofort an, auf die Größe einer Gummibettflasche und sah unschön aus.

„Welches Temperament, was für eine Eile und gleich hier".
Wartet doch wenigstens bis wir in meiner Kammer sind, wenn ihr auf das von mir angedeutete Vorspiel keinen Wert legt und gleich zu Sache kommen wollt. Woher kennt ihr meine geheimsten erregenden Vorlieben" fragte Sweeney, bevor er hinzufügte, es in der Öffentlichkeit zu tun gehört zwar nicht dazu, aber für euch ....
Flaaaaaatsch und das andere Ohr ähnelte dem ersten, es sah aus wie eine Bettflasche.

Da trat ein Smith aus Gatwick, in die sich dem bildhaft denkenden Leser, entstehende Szene und sprach den Sweeney an.
„Ihr seid ein Rüpel sprach er, ein ungebildeter ohne jede Manieren"
Auf Manieren reimt sich Nieren und genau in die bekam er vom Sweeney einen Tritt.Jener der von Konversation, die auf eine Klopperei hinausläuft, wenig hält und lieber gleich zur Sache kommt, dem Schlagabtausch.
Der erste Tritt schien nur leidlich zu wirken und so gab er seinem innersten nach und holte zu einem zweiten Kick aus. Dieser der genau das erwartete Tat, Smith aus Gatwick einige Oktaven höher singen zu lassen. Den dieser Tritt zielte nicht nur leer drohend, sondern er landete vernichtend, genau in den Kronjuwelen. Welcher sich Smith schon

sicher wähnte, späteren Abends der
Bernadette vor das Gesicht zu halten, was ihm
immer Spaß machte und Bernadette dazu
zwang ihren Mund wenigstens eine Weile zu
halten. Die Damen wissen viele Weisheiten,
wie „Ladys kneifen sich, Huren benutzen
Rouge" und das man mit vollem Mund nicht
spricht.

Da lag er, Smith und jubilierte, während beide
Hände in seinem Schoß zu verhindern
versuchten, dass der Beutel platzt, in dem er
seine Männlichkeit mit sich herumschleppt,
nur bis zu diesem Tage den es war zu spät.
Die Macht des Stiefels.

Doch es kamen verschiedene, welche die den
Smith kannten und mochten. Andere die
Bernadette in Gefahr sahen und Typen aus
Gatewick, die irgendeine Art von Solidarität
zu Schau tragen wollten und dann, welche die
keiner Klopperei aus dem Weg gingen. Bald
schon war ein wüstes Gemenge, vor allem von
Fäusten, Händen und Tritten von Füßen im
Gange.
Nasen brachen mit einem Elan, wie
Schnittwunden bluteten, man war nicht
zimperlich und kein Waffengesetz regelt
irgendwelchen Besitz. Man setze ein was es
gab und so mancher hatte sogar einiges zu
bieten, an Artillerie und schwerem Geschütz.

Zum Glück hatten die Chinesen im 13 Jahrhundert, ein Rohr mit einem runden Loch erfunden, mit dem man Feuerwerkskörper, die man ebenfalls in China entwickelt hatte, verschießen konnte, aus dem sich 100 Jahre später das erste Gewehr ergab. Dieses Wort entstammte dem altdeutschen „weri", was so viel wie Befestigung oder Verteidigung bedeutete. Durch Kollektivbildung entstand daraus das Giweri und aus diesem das Sammelwort Gewehr, das zu oft mit Gewähr verwechselt wird. Wenn ein gut platzierter Schuss durchaus die Gewähr gab, das der Getroffene aus dem Leben schied.
Zum Glück deswegen, weil Handgemenge unendlich lange Dauern und ich jetzt hier die Boing Patsch, smeeeerl Laute schreiben müsste, um dem Gemenge eine gewisse plastische Bildsprache zu geben. Damit der geneigte Leser sich nicht langweilt. Da dies kein Comic wird und mir Disney sicher nicht, Paris, Rom oder wenigstens Warnemünde als Gegenleistung für meine Buchrechte anbieten wird, erzähle ich die Geschichte eben richtig und die verläuft so.
Es klatsche fröhlich weiter, es wurde geflucht, gedroht und so mancher Knochen gab derber bis roher Gewalt nach und brach mehr oder weniger sauber. Arme wurde gedreht und einige Schädel gespalten, während die Band

die den Barden abgelöst hatte, munter als wäre gar nichts weiter vor sich hindudelte.
Die Klopperei kam heute recht spät und man froh das sie da war, den sie ist ein wichtiger Bestandteil, dessen was man später Entertainment nennen würde, hier aber Programm war.
Sweeney hielt sich recht wacker und tapfer stellte sich schützend vor seine Liebste. In dem festen Glauben, dass der Dank, den er in ihrem Herzen anhäufen würde, sicher der Grund sein wird, die nächste Nacht und den nächsten Tag und und so weiter nicht schlafen zu können. Weil das was sie ihm als Danksagung zum Geschenk machen wird, sicher allerfeinster und abwechslungsreicher brutaler Koitus sein wird. Der so Gott will, in keinem Interruptus enden wird, was dumm wäre, vor allem wenn der Akt der Begierde erst wenige Sekunden alt ist.
Aber Sweeney Erfahrung lehrten ihn, dass der Koitus, oft Interruptus hat, weil entweder seine Erektion ebenso schnell zusammenbrach, oder eine Eruptus in Samenform, die extrem vorzeitig seinen Weg fand, das Liebesspiel abbrach. Weil ein Man dessen Patrone gezündet hat, keinen Gedanken an sich anschmiegen verschwendete, das Wort Kuscheln überhaupt nicht kennt und der nach seinem Erguss am

liebsten nur eins zu Wege brachte, sich umdrehen und einschlafen.
Alles andere währe unredlich und ein Vorspielen falscher Tatsachen, was den betroffenen Damen später Herzeleid bescheren würde. Denn wenn sie herausfinden, dass das Nachspiel nur geheuchelt war und aus dem Drang entstand, ein erneutes Vorspiel zu generieren. Auf das der Mann so gar keinen Wert legt, weil es ihm nur um den Hauptakt geht, der dann ohnehin wieder wahnsinnig schnell vorbei sein wird. Die Dame die man eben beglückte ein gehässiges Lächeln entlockt, ob des zusammensinkenden Lümmels dessen Härtegrad nicht mehr ausreicht, um kraftvoll in die Lenden der Lust zu versinken. Eine berserkerhafte Potenz vorzugaukeln, oder dessen Patrone so früh das Pulver verschoss, dieses gehässige Lächeln, das Sweeney dann mit einem „Passiert Dir das öfter"vom Antlitz der soeben geschändeten wischte und ihr die Stellung, die sie damals als Frau hatte, deutlich macht.

Bernadette kannte Keile, Hauerei diese männliche Balzrituale, die zu dieser Zeit oft darin bestanden, dass Männer als Freier an die Tür ihres Schlafgemachs pinkelten. Eine Sitte die später Hunde übernehmen werden, aber zu welchen Zweck ist ebenso fraglich

und ungewiss, wie das urinieren an Türstöcke
verehrter Ladyschaft.
Es ist kein Fall bekannt, in dem eine junge
Dame sich vom Urin eines in der Brunft
befindlichen Verehrers angetan fühlte.
Auch wenn später im 21 Jahrhundert Filme
mit dem Arbeitstitel, angepisst oder the
golden Shower erscheinen die frech das
Gegenteil behaupten.
Ebenso wie der obszöne Text eines
schrulligen Barden aus Illinois der es so in
den Raum stellt,

> So I went out 'n' bought me a leisure suit
> I jingle my change, but I'm still kinda cute
> Got a job doin' radio promo
> An' none of the jocks can even tell I'm a homo
> Eventually me 'n' a friend
> Sorta drifted along into S&M
> I can take about an hour on the tower of power
> 'Long as I gets a little golden shower

und sich von den Tantiemen seinen
Geburtsort und eine Gitarrenfabrik kaufte
und dann gar nicht dort leben wollte und
Frank Zappa geheißen hat und wie es auf
seinen Schallplatten heute zu lesen steht.

Sorgen mache ich mir um den Begriff Eau de
Toilette, den männliche sich gerne hinter die
Ohren schmieren. Auch sich sonst damit
überschütten, angeblich um nach der Rasur
die Haut zu desinfizieren, eher aber weil es
besser duftet, als der eigentliche Kerl.
Eau aus dem französischen Wasser Toilette
bedeutet das gleiche und was kommt in einen
Lokus hinein?
Es erklärt, warum die Wässerchen von
Lagerfeld oder diesem Joop so entsetzlich
schwul nach, Sex auf einer öffentlichen
Toilette riechen, einer Mischung aus Sperma
das aus einem soeben penetrierten
Darmausgang, röchelnd um Luft flehend in
eine Pfütze Pippi fällt.
Ein Knall, dann 2 und ein dritter war zu
vernehmen, wobei einer davon die Klopperei
und das Leben eines dummerweise in der
Bahn des Projektils sitzenden, welches den
Lauf des Gewehres verließ, zu Ende brachte.
Vereinzelt beendeten einige Fäuste die
Distanz von wo sie losgeschickt und wo sie
dann einschlagen sollte, gefolgt von einem
Geschrei oder Fluchen.
Aber an sich kam Ordnung in das Gemenge.
Sweeney, der sich beschützend hinter
Bernadette gestellt hatte, und zwar sich selbst
schützend, kreiselte herum und nahm sich
seine Angehimmelte und suchte in ihrem

Blick, die Anerkennung, die er zweifellos
verdient hatte.
Die beiden Ohrfeigen, welche ihn aussehen
ließen, wie den indischen Gott der Artisten
und Kreativen, Ganesh von dem ich schon
berichtet habe, hatte er längst vergessen. Er
verlor sich lieber in dem Schönheitsfleck, der
einen mächtigen Busen zierte und der von
ihm alleine geschaffen worden ist, zum
Nachteil eines Barden, dem heute nicht sein
Glückstag zu sein schien.

Allerdings machte die Lippenvergrößerung,
die grausam schmerzte und die aufgeplatzte
Oberlippe, in der ein Schneidezahn hing, ihm
zu schaffen, und zwar gewaltig. Zum Glück
würde dieser Schmerz sich schon bald legen,
wie ich euch zu erzählen, kann, und so sollte
man dem Barden beglückwünschen.
Aber nicht zu arg, den der Umstand, der zu
dieser völligen Befreiung der Schmerzen
führen soll, kostet einiges, diesem Barden das
Leben.
Den die Kugel die nicht ausgelegt war Bögen
zu beschreiben, sondern immer geradeaus wie
ein hehrer aufrichtiger Gedanke, dachte gar
nicht daran vor dem Barden zu bremsen.
Vor allem deswegen weil eine Kugel ein
dummes Stück Blei war, nicht fähig über
irgendetwas nachzudenken, nicht zu stoppen.

Das taten meist nur die Personen, die von der Kugel getroffen, ihren Weg nicht mehr fortzusetzen in der Lage waren.
So wie hier und jetzt, eben den Barden.
„Er lebt noch er lebt.... helft ihm" schrillte die Stimme der aufgebrachten Bernadette, die dann hilflos ansehen musste wie Sweeney dem Barden zu helfen gedachte, indem er seinen Schädel zertreten wollte.
„Warum soll er leiden" fragte der O`Shea und beneidete den Barden, den Bernadette auf ihren Schoss gebettet hatte, sein Gesicht streichelte und ihre Auslagen über seinen Kopf hängte.
„Er weiß wo ein Schatz ist, zischte sie ihn an, er hat eine Karte, hat er mir gesagt. Er weiß wo der erste Schlüssel ist und Hinweise zu finden, bevor er mir alles sagen konnte, habt ihr hier eine Keilerei veranstaltet und nun ist alles verdorben, ich hasse euch."
„Nana, nicht so stürmisch ein bisschen müsst ihr euch gedulden Liebes, ich mags nicht so hier in der Öffentlichkeit, lasst uns …
„Blöder dummer, Depp herrschte sie ihn deprimiert an, Dich lass ich nicht mal an mich, wenn man euch mir nackt auf den Bauch binden würde, ein Gedanke der Sweeney zu reizen begann.
Machtlos, eifersüchtig musste SoS ertragen, dass die Liebste, seine Bernie, wenn sie auch nicht die seine war, aber alleine das er sie als

diese, seine Bernadette wollte, reichte aus so intensiv für sie zu empfinden, dass Eifersucht seinen Magen entleerte. Da er hilflos ansehen musste, wie seine Angebetete diesen fiesen man an ihrem Busen wogte, ihn herzte, sich zu ihm beugte, übermannte ihn die Eifersucht.
Bernadette hielt ihr Ohr an seine Lippen und für Sweeney war es unerträglich. Wie er der siechende an diesem Ohr, das ihm gehörte oder zumindest gehören würde, wenn er Bernadette erst willig und hörig geritten hätte, zu knabbern schien, es liebkoste oder?

Eine Ewigkeit für den leidenden Sweeney, dem sich ein Hohnlächeln ins Gesicht schlich. Das zu seinen schrecklichsten Grinsen gehörte, den gehässigsten, die er jemals gegrinst hatte, als er sah, dass der Barde zu beben und zu Zucken begann, was sein nahes und rasches Ende andeutete.

Wie das Zucken und Beben das Beenden vorhersehbar machte, so beendete es das Leben des Barden, sanft. Nur mit Ausnahme der spastischen Schüttellähmung und das der Schmerz ihm die Augen aus den Höhlen trieb bis eines nur am Sehnerv, seitlich aus der Augenhöhle hing.
Der Schaum vor dem Mund, der von Blut abgelöst wurde, das sich aus der Leibeshöhle

durch die Kehle wand und für Umstehende
erfreulich, dieses furchtbare Röcheln und die
Schmerzlaute, sanft erstickte. Weil ein
Teppich blutigen Schaums sich um diese
grässlichen Laute legte und diese abwürgte.
Ein letztes rollen mit dem verbliebenen Auge,
das andere zuckte am Sehnerv ein Mal auf
und ab, da war dahin.

Rüde ergriff Sweeney die sterbliche Hülle und
schleifte den Kadaver angewidert zur Tür,
„Du kommst meiner holden nie wieder so
nahe, du Kanaille" öffnete die Tür und
achtete, das der Leichnam in tiefen Dreck
fuhr und dort liegenblieb.
Er ging forschen Schrittes ins Wirtshaus
hinein, auf seine Bernadette zu, die unter
Schock zu stehen schien und er sprach zu Ihr,
„Sorge Dich nicht mein Kind, mir ist nichts
passiert, Du bist gerettet dieser wüste
Hurensohn, wird niemals mehr seinen Mund
in Dein Ohr stecken, dich belästigen …

„Halt endlich den dummen Mund, du
verblödeter, primitiver Versuch, einen
Menschen darzustellen, worauf Sweeney nur
erleichtert das seine Göttin, wieder nur für
ihn lebte, trillerte.
„Wie schön wir sind beim DU, das spart Zeit.
Komm Schatz, ich bin so gespannt, welche
Kammer ich mit Dir teile. Die Deine oder die

meine, mir ist es gleich, aber da man mir keine zugewiesen hat und ich daher nicht auf das eigene Gemach bestehe, gehen wir zu Dir.

Bernadette aber ignorierte das Angebot, weil es nicht verlockend war oder die Situation im Moment doch eine recht Unangenehme war.

3. Der Plan

„Ich muss mit Dir Reden Dummkopf".
Komm, lass uns an einen Tisch gehen, wo niemand leicht belauschen kann, nicht zu nahe an der Musik, die fortwährend als sei gar nichts, geduddelt hatte.
Sweeney der tatkräftige und entschlossene Damen anziehend fand, obgleich er sie lieber ausziehen würde, folgte ihr und so nahmen Sie Platz.
Die energische Frau kam sofort zur Sache, was Sweeney durchaus gefiel, aber dann schnell in Missfallen umschlug, weil sie nicht zu der Sache kam, die ihm vorschwebte, sondern zu der Angelegenheit mit dem Barden.
Sie zwang ihn, zuzuhören, über das, was der Barde zu ihr gesagt hatte. Vor allem den Text

des Liedes, das er jeden Abend sang. Dass ihm niemand glauben wollte, dass alle den Barden für völlig bescheuert hielten, ein Gedanke an dem Sweeney gerne Zustimmung geäußert hätte, währe Bernadette ihm nicht mit einem strafenden Blick zuvorgekommen.
Sie erklärte dem O´Shea alles, was sie schon vor diesem Besuch im Antrim heraus gefunden hatte. Dass der Barde der Grund für Ihre weite Anreise war, eine Mitteilung die an Fülle und Inhalt so gar nicht in Sweeney Ego passte, denn er wäre gerne sicher, das sie nur wegen ihm hier war.
Woher immer sie wusste, dass er heute Abend hier sein würde, um nur sie hier zu treffen. Was er vorher aber ja nicht ahnte und was das ganze so speziell so gezielt so besonders machte und woraus man schließen musste, das sie beiden für einander Geborenwaren.
Bernadette lies nichts aus und wenn Sie wenig Hoffnung hatte, das Sweeney doch zuhörte, sich interessierte oder zumindest verstand, was Sie zu sagen hatte. So erklärte sie alles erneut und immer wieder, ebenso oft, wie sie das Gefühl hatte, bei SoS kam gar nichts von dem an, was stimmte und oft war.
Bernadette schüttelte Sweeney, damit er sich endlich konzentrierte.
„Zum Lektor, wir müssen zum Lektor" wiederholte sie sich.

„Gerne würde ich an eurem Tor lecken, aber findet ihr das schicklich hier mitten im Saale"
„Au, das tut weh," Sweeney meinte 5 Finger, die einen Abdruck auf seiner Wange hinterließen.
„Der Lektor, der Barde sprach von einem Mann, der den Durchblick hat, den Plan von dem Ganzen.
Er weiß wie jedes zusammenhängt, er hat Ahnung wie alles verläuft, wie das Leben funktioniert und wieso es endet. ER der Lektor gab dem Barden das wissen, das er mir nicht mehr anvertrauen konnte, weil Ihr dummer Kerl, eine Hauerei inszenieren musstet.
„Ich habe euch nur verteidigt, Teuerste, mein Leben eingesetzt".
„Haltet den Mund und hört zu".
„Ach wieso wieder so förmlich wir waren doch schon beim Du".
Bernadette verdrehte die Augen, und sprach geduldig, wie eine Pflegerin in einer Irrenanstalt auf ihren Patienten einspricht, ...auf Sweeney ein, was schwieriger war.
Es gibt einen Schatz, einen mächtigen, nicht nur Gold Silber und jede Menge Geschmeide und Scheffel voller Geld, sondern Tränke, die heilen, die sehend machen, die verjüngen, Salben und Cremes, die einen schöner Aussehen lassen. Balsam für die Lippen, um diese zu färben, und Bernadette zählte all

diese Dinge auf. Welche hysterische Amerikanerinnen, hinter einem Tisch stehend, auf dem diese Cremes, und Puder und Pasten liegen, während unter ihnen Einblendungen zu lesen sind, die eine fiktive Menge, meist nur wenige Stücke anzeigen, was den schwindenden Vorrat versinnbildlichen soll. Außerdem um den Anreiz schaffen, einige dieser vermeintlich schon bald vergriffenen Waren, käuflich zu erwerben, währen über einer weiteren Einblendung einer Bestellhotline eine Frau mit diesen grässlichen Tinkturen beschmiert, betupft oder komplett zugekleistert wird. Derweil die 2 Hyänen an dem Tischchen das alles sooooo waaaaaaahnsinnig suppi, fanden und dieses Einmumifizieren der drögen Dirne im anderen Bild unablässig kommentieren. Das ganze mit Gesten und rollenden Augen untermalend, was demjenigen der zufällig in den Shoppingkanal zappt, entweder mitreißt, wenn es sich um eine Frau handelt, oder komplett irritiert weiter schalten lässt, weil es sich um einen Mann dreht. Einen echten Macker dieweil so manche Teeschlürfenden und halbschuhtragende Weicheier, die sich die Augenbrauen zupfen, Lidschatten auftragen und tuntig wirkten, was daran lag, dass sie stockschwul sind, sich solche Sendungen klaglos bis begeistern ansehen.

„Also Gold und Gedöns", fasste Sweeney zusammen, das liegt irgendwo und der Barde hat den Schlüssel für die erste Türe. Den Hinweis und so weiter, leider hat er ihn aber einer Mama San gegeben, die eine Puffmutter ist, als Pfand für die Zeche, ist das so?"
„Richtig" bekräftige die Bernadette.
Ich soll jetzt diesen Schlüssel von der Nutte holen und dann das Schloss finden, in das er passt und immer weiter in die Welt latschen und einen nach dem anderen Hinweis suchen und am Ende den Schatz finden? Bernadette war erstaunt über diese scharfsinnige Zusammenfassung, die in etwa und zu einem gewissen Grade stimmte, sie äußerte sich lobend, was Sweeney mit einem wissenden Lächeln quittierte.

„Zuvor aber, müsst ihr"... „Du" unterbrach der O´Shea, „gut musst Du, Sweeney .."„mein lieber geliebter Schatz Sweeney" verbesserte der SoS, wirst Du, wiederholte Bernadette aber zum Lektor, der hier in Antrim ansässig ist und von dem Du alles erhältst, was Du für deine Suche brauchst gehen und vorsprechen.
„So richtig Lust habe ich aber gar nicht, was soll ich mit einem Schatz, den ich erst suchen muss, wo ich den meinen doch schon gefunden habe" , flötete er charmant und rollte zur dramatischen Untermalung mit seinen Augen.

„Du kannst beide haben", versuchte es Bernadette erneut und den anderen Schatz wirst Du brauchen, um mich aushalten zu können, glücklich zu machen, den ich möchte mich nur dem hingeben, der mir die Welt zu Füßen legt, hauchte sie theatralisch .
„Ich dachte bisweilen, würde ich mich vor eure Schuhe legen und ihr könnt auf mir herumtrampeln. Über mich laufen, vor allem am Rücken, da habe ich Verspannungen und ich würde gerne versuchen, ob die sich lockern, wenn sie diesem ausgesetzt sind."

„Ach mein Lieber, Entspannung die sollt ihr haben in jeder Art und Weise, wenn ihr mir helft. Besser im Fall, dass ihr diesen Schatz für mich findet".
Worauf Sweeney erneut dämlich dreinblickte, was er trefflich beherrscht.

Der O´Shea wurde langsam schwach und ihm gefiel der Gedanke, ein Held zu werden, der er zwar schon wahr, aber der für seine Herzdame vieles auf sich nehmen würde. Sweeney war ein hoffnungsloser Romantiker, vor allem dämlich, was gut zusammenpasste und für eine solche Mission von Vorteil ist. Mut und Stärke wäre besser aber manche Helden tun mit dem auskommen, was sie haben oder ihrem Schöpfer dem Autor so einfällt, ich erzähle ja nur, wie es war.

4. Zarter Bande,
der Liebe entspringend, sich knüpfen.

Der Abend war ein langer und erneut
verlangte es dem Helden nach einem Mahl
und Wein und die Bernadette zog kräftig mit,
„Lass uns feiern mein Lieber „Liebster
verbesserte Sweeney, Geliebter wäre mir
genehm, was aber wie zuvor, ignoriert wurde.
So feierten sie, soffen, schenkten nach und
tranken zu viel und dann kam die Stunde, wo
beide zu Bett wankten.
Die zwei waren mehr schwankend als stabil
und bei Sinnen und Verstand und so kam
Sweeney zu seinem Nachtlager bei seiner
geliebten Bernadette, die er sowas von über
alles liebte.
Und für sie fühlte wie es Verliebte so Tun und
die Liebenden die schon mehrere Stunden
beieinander waren, nachdem Sie sich zum
ersten Male in Ihrem Leben begegnet waren.

Der Weg nach oben, in der Herberge des
Antrim war steil und ganz der Gentleman lies
Sweeney die schöne Frau vor ihm aufsteigen,
um Sie, sollte sie stürzen auffangen zu
können. Aber zudem weil er sich einen Blick

unter den Reifrock ergattern wollte, was ihm sogar gelang.
Voller Vorfreude und oben angekommen nahm er Bernadette in seine Arme. (Das schreibe ich jetzt für die weiblichen Leserinnen, weil ich weiß das diese so etwas erwarten und lesen wollen, anstelle der Wahrheit, die männlicher ist, derber, direkter und wirkungsvoller aber, wer Autorengroupies schaffen will, muss eben manchmal tricksen).
Der Galan hob sie auf und trug sie über die Schwelle der Türe zu ihrem Gemach. Er hätte es lassen sollen, den der Zimmermann kannte ja beim Einbau der Tür die Maße von Bernadette nicht und so fertigte er Tür eben eher kostengünstiger dafür schmaler an. Was dazu führte das Madame, mit dem Kopf etwas heftig an den Türstock schlug.
„Auuuuuuuuuuua pass doch auf Du, Trottel blöder".
„Keine Sorge" beruhigte Sweeney sein Herzblatt sofort, alles bestens in Ordnung, der Türstock hat nichts abbekommen. Mit einem beherzten Schwung, der Männlichkeit und stärke sowie Überlegenheit demonstrieren sollte, den Sweeney aber aus einem Bühnenstück, das in einer schwieligen Spelunke mit zweifelhaften Gästen aufgeführt wurde, abgekupfert hat.

Der Schwung war aber nicht halb so männlich, kraftvoll und überhaupt nicht überlegen. Weshalb die Bernadette nicht auf das Bett aber knapp davor niederlegte und diese nur ihren Reifröcken, den Rüschen und dem ganzen Gewese, das sie umhüllte, verdankte nicht querschnittgelähmt zu sein oder die Hüfte gebrochen zu haben.
„Mein Schatz, mein liebster Schatz, geht e Dir gut?".. fragte Sweeney sofort und bekümmert, wieso bremst Du in der Luft, hattest Du Angst meine Stärke, die ich Dir offerierte, würde Dich bis über das Bett hinaus ans Fenster tragen?"
„Helf mir hoch, Du Depp" ... eine Aufforderung der Sweeney recht schnell und emsig nachkam.

Da lag sie auf dem Laken und Sweeney begann sofort damit sie aus zu packen. Zuerst gezierte Bernadette sich.
Aber in Anbetracht dessen, dass sie realisierte, der SoS würde niemals, nie und nimmer kapieren, warum er das lassen solle. Der Tatsache das der Alkohol sie gleichgültig und geil gemacht und sie gar nichts gegen einen guten, kernigen Fick einzuwenden hatte. In Wahrheit sogar für heute Nacht einer geplant war, mit einem Gentleman namens Smith. Der Sweeney in allem übertraf vor allem Benehmen und Anstand und

deutlich der Gesamteindruck, das Aussehen und so, so lies sie es geschehen, wie o´Shea sich fast aussichtslos bemühte, sie aus ihrer Kleidung zu befreien.
Mit Ihrer Hilfe und ausschließlich dieser gelang es Bernadette vorteilhaft unbekleidet, bis auf etwas Spitze die mehr zeigte, als sie verbarg, sinnlich auf dem Linnen zu fläzen und Ihre Vorzüge im eindringenden Mondlicht zu reflektieren.
Vor allem 2 Reize, einen mit „Schönheitsfleck" entlocktem dem Sweeney einen Laut, der ihm entwich, nachdem er seinen Kopf in den Nacken legte. Das Gesicht zum Mondlicht er wandte und dann ein Boooooooooooouuuuuuuuuuuuuuuuuuuuuuuh bellte, das jedem Wolf in 30 Meilen Umkreis mitteilte, das einer der Ihren in seine Klöten geschossen bekam.
„Komm zu mir" lockte das ewige Weib. Nimm mich, mach mich zu Deiner Gespielin, Lustsklavin oder was Du willst, aber tue es jetzt.
Er sprang zu der Angebeteten, betrachte die beiden Gebirge, und das Tal, das zu einer Senke wurde, dann in einen Busch mündete. Der auf einem Venushügel stand und von dort ein Tal bildete, in dem ein süßer Quell darauf wartete von Sweeney Zunge gefördert, sich zu ergießen und etwas aufzunehmen,

dass in dem Lüstling erwartungsvoll anschwoll.

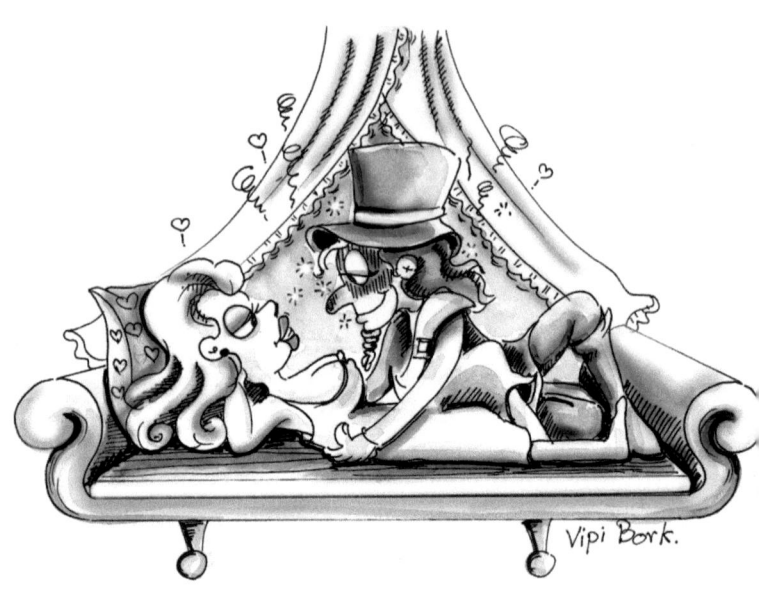

Bernadette begann zu beben, Sweeney sie anzuheben .... das Linnen sauber beiseitegebracht, legte er sich neben sie, sprach „liebste Maid, mein .... Du wirst mich

jetzt längere Zeit nicht sehen, weil ich dich
von hinten nehmen werde, was der
Bernadette zu Pass kam, den sie müsste dann
nicht in sein dümmlich vor Geilheit
entstelltes Gesicht schauen müssen.
Er drapierte sich hinter Bernadette und
flüsterte, ich mache es Dir die ganze Nacht ...
und schlief sofort ein.
Die Lustvolle in Erwartung und einer
Duldungsstarre verharrend, die später im 21
Jahrhundert, eine gewisse Theresa Orlowski,
bekannt machen würde, spürte den
Eindringling, der sich als ihr Ring und
Mittelfinger, und zwar der eigene outete.
Aber sein Werk vollbrachte, während
Sweeney von Titten, Tälern, Vulven träumte,
die er versäumte.
Er phantasierte und wie er so da lag und sich
wohlfühlte, tat Bernadette ihr bestes, um den
Schlaf zu finden, sich dazu winden und
Erleichterung um sich wohl zu befinden. Es
gefiel ihr fast besser, als sich von diesem übel
riechenden Kerl, der zu besoffen war, um in
den Zuber zu steigen, befingern zu lassen,
und so wurde ihr Antlitz erst weich,

Dann lächelte es, verspannte sich, um jene Ektase anzuzeigen, die in so manchem Weibe tobt, wenn die Lust über sie kommt. In diesem fortgeschrittenen Stadium schaute sie mal beiseite und sah, der O`Shea hatte seinen Spaß, zu mindesten zeigte die Zentrale Zeltstange, das in der Manege unter ihm der Tanz begonnen hatte.

5. Erwachen, erwarten und Gedöns

Rumpel die Bumpel, die Boller ab und zu ein Hüüüaaa, drang zu dem im Schatten liegenden Sweeney durch, eben hatte er die Liebste beglückt und das mehrfach, er hat sie gepfählt, geschändet nach Ihrem Verlangen. Er tat ihr allerlei an, aber lies mehr mit sich anstellen und sagte nie nein, egal was dieses tolle, sexbesessene Weib ihm abverlangte, im Gegenteil er gab immer eine Zugabe.
Selbst als Bernadette plötzlich einen Zwilling eine 100% Kopie ihrer Person in die Lustwiese warf, pflügte Sweeney beide Äcker und brach die Schollen. Es war ein gebebe, ein Gewusel, eine wahre Sauerei, die beteiligten Körper sonderten allerlei Säfte und lockende Düfte ab, Sweeney nahm sie gierig auf und bedankte sich im Absondern der seinen, gütlich.
Es war ein Gestosse, ein Gerammel, beben, zittern auf allen Ebenen und als Bernadette plötzlich, ihre Mutter und eine Nichte zu der Orgie lud, wurde es so flott.

Aber was ist jetzt?
Wo bin ich, wo ist Bernadette, die heiße Zwillingsschwester, die anderen. Wo ist der eigene Verstand, meine Erinnerung, fragte

sich der O´Shea und beschloss zur Orientierung mal die Augen aufzuziehen, nachdem er festgestellt hat, das diese verschlossen sein müssen.

Das sollte sich als eine gute Idee herausstellen, den Sweeney wurde sich gewahr, dass er der Orgie entfleucht sein musste. Den er befand sich in einer Kutsche und das Antrim war nicht mehr aus zu machen. Dafür aber ein holperndes und polterndes, sich schüttelndes Zimmer und Sweeney fragte sich, ob er immer noch im Liebesakt beschäftig war. Ob die Orgie lief und er in einen zentralen, höheren Zustand eingedrungen war, von dem ihm sein indischer Hindu Freund, Naku Abudalabinrassa immer erzählt hatte. Irgendein Kamasutra oder so.
Sweeney beschloss, dass es genau so sein würde, und tastete sich zwischen seine Beine vor und befühlte den Zustand des Seins. Welches sich als erbärmlich darstellte, mit der anderen Hand erfühlte er etwas mächtiges und begriff, das es gewaltige Kopfschmerzen waren und eine Beule, von der allein man sich solches Schädelkreisen aber nicht vorstellen könne.
Erneut rief er sich den Einfall, die Augen zu öffnen, ins Gedächtnis zurück und stellte fest,

das er dieser Eingebung bisher doch nicht gefolgt war.

Mit Mühe aber dennoch heroisch, gelang es ihm und erneut stellte er fest, dass er im inneren einer Droschke, eines Gefährts sein müsste und fragte sich, wie er dort hineinkam.

Während er sinnierte über dieses und jenes, kam die Kutsche zum Stillstand und Sweeney freute sich darüber, den für ihn bedeutete es, seine Kopfschmerzen seien vorüber. Er müsse nur die Augen aufmachen und er wäre in der Kammer im Antrim und würde das wunderliebliche Antlitz der Bernadette erblicken sogar doppelt und wer weiß, wie es einen Verlauf geben könnte, dem er jetzt zugetan wäre.

Statt der Augen wurde die Kutschentür geöffnet und ein rüder Geselle griff sich des Sweeney Bein und zog ihn aus dem Wagen, schüttelte ihn sanft bis herzlich und plärrte ihn an, „Aufwachen. LOS wach endlich auf, du Schmock."

Dieser kam zu sich, „ wer seid ihr, was wollt ihr, wo bin ich"???

„Der Kutscher, ihrer Gnaden Fräulein Bernadette, dies ist Ihre Kalesche und ich soll euch fahren"

„Wohin fahren, was war den geschehen, ich erinnere mich gar nicht, ist etwas passiert"

Der Kutscher dachte kurz nach, über das, was geschehen war und lächelte zufrieden, ein höhnisches Lächeln.
Was war den geschehen, wird sich der geschätzte Leser jetzt fragen und das ist gut so.
Nichts tut ein Erzähler lieber, als das Interesse das er geweckt hat zu befriedigen, auf das der Leser dem so gutes widerfuhr, gleich das Googeln beginnt. Ob sein Autor der ihm so gewillt, mehr Machwerke erzeugte, die er käuflich erwerben würde, was wiederum dem Autor gut gefiele, ebenso wie es ihm gefällt, wenn geneigte Leserschaft andere in den Bann der Geschichte treiben. Die absolut gewillt sind, nicht etwa ein gelesenes Exemplar dieser Story hier erneut zu benutzen, sondern sich selbst eins kaufen.

Was war passiert?
Ich könnte sagen, äätsch habe gar keine Lust mehr zu erzählen. Dann wäre hier jetzt Schluss, nur müsste ich das bisherige ebenfalls wegwerfen, 97 Seiten sind kein Buch, nicht mal ein Büchlein. Ich bin beim Korrekturlesen, diese Zeilen tippe ich, nach dem ich die Geschichte hier erzählt habe. Wenn man sein eigenes Buch liest, schon doof, sollte der Lektor machen, macht er aber nicht, hat mal angefangen und dann keine Lust mehr gehabt, ich auch nicht. Ja das

passiert, wenn man einen Band im 2ten Kapitel beginnt, aus Spaß und dann mehr davon bekommt und daraus ein eigenes Buch machen will.
Aber ich habe den Anfang ja erzählt, Svenny die Bernadette und der Barde, eine echte Story, passt alles zusammen bis jetzt. Schatz und Schlüssel, das zu finden und verbinden, irgendwann Happy End, das erwartet man ja, bei Helden.
Was würde der geneigte Leser denken, wenn er jetzt schon wüsste, dass in den nächsten beiden Büchern, dieser Reihe, alles erdenkliche, aber undenkbare passiert, außer das der Hero an den Schlüssel kommt?
Sicher erwartet der eine oder andere von der geneigten Leserschaft, dass in diesem Buch die ersten Rätsel gelöst werden, diejenigen von euch können hier aufhören, weiter zu lesen.
Als der Erzähler habe ich einen Vorteil, sollte man denken, den der Autor weiß wie es weitergeht, er blickt in die Zukunft, so zu sagen!
In Wahrheit aber, bin ich meistens ebenso überrascht über das, was mir eingegeben wird, dass ich niederschreiben soll, wie ihr beim Lesen. So perplex, dass ich dann wie jetzt in der Durchsicht, ganze Texte lösche. In der Frage, wie konnte es zu so etwas kommen? Aber so macht das Schreiben Spaß,

wenn es fließt, das ist dann wie selbst zu
Lesen. So, jetzt geht es weiter, die Lücke ist
gefüllt.

6.   Was geschah mit Svenney O´Shea?

Lassen wir das und kommen zu etwas völlig
anderem, O´Shea und Bernadette.
Wir erinnern uns, das Antrim ein wüstes
Gasthaus. Eine schöne Frau reinen Blutes und
edelster Herkunft, trifft auf unseren Helden.
Und wie man es erwartet, habe ich die
Geschichte so gebogen, dass sich beide
näherkamen, so nah wie es eine gemeinsame
Kammer und ein geteiltes Bett, gepaart mit
Wollust ermöglichen.
Doch anstatt den dargebotenen Acker zu
bestellen, ihn zu pflügen und zu begießen,
schlief unser Freund schnell ein.
Der Acker war sich selbst überlassen, was
diesem zuerst nichts ausmachte. Da in der
Selbstbestellung erfahren, sich dann aber
erinnernd, das man ja nicht zu Pferde,
sondern mit der Kalesche angereist war, diese
wiederum von einem Kutscher gelenkt, der
ein wahrer Adonis war. Dazu über üppiges
Ackergerät verfügte, dessen die Bernadette
sich schon oft und gerne bediente und dies

wieder als eine gute Idee empfinden würde und es somit umsetzte.

 Bevor sie aufstehen konnte um nach ihrer Kalesche zu sehen und dem Adonis, der aber anders hieß, Ashton der Kutscher, zu sich zu holen, stand dieser schon vor dem Bett. In Sorge, da er seine Herrin nicht finden konnte, im Schankraum nicht und nicht anderswo und er eine Stunde vor dem Gemach seiner Lady verharrte. Der sich nicht ein zu treten wagte, auch wenn er die Geräusche die aus diesem Zimmer drangen zuerst für bedrohlich und dann schnell als bekannt einstufte.
Weil die geübte Hand der Bernadett , so gewisses Geräusch, so manchen Laut erzeugte, ob der Kraft ihrer eigenen Stimulation.
Aber schließendlich hielt er es nicht mehr aus und er kam genau rechtzeitig und lange genug vorher, bevor Bernadette kam und nun wurde er hinzugezogen, um ihres kommen´s willen, ihr dabei behilflich zu sein. Etwas das er ausgiebig tat, während Sweeney neben dem Bett auf dem Boden, auf den der Kutscher ihn geworfen hatte, weiter an seinem Zelt baute und allerlei Unappetitliches von sich selbst und Bernadette träumte.
Kein Knarzen der Bettstatt, weder Geröchel, Gewinsel und Gestöhne, nicht mal das klatschen nasser Leibes, auf trillenden Körper. Nicht einmal gutturales Triebgeschrei, konnte

den Sweeney aus seiner bleiernen Schwere
erlösen. So bekam er nicht mit, das
Bernadette nur von einem Baum gepfählt,
nicht genug erhielt von der Lust. Doch da er
der Sweeney, einen gewaltigen Mast unter der
Kuppel seines Zeltes aus feinem Bettlinnen
aufrecht zu Stande brachte. Mag es des
Traumes, in dem er schwelgte geschuldet sein
oder nicht, so weckte dieser die Lust und
Phantasie der Bernadette. Die das Zelt einriss
und den Mast beäugte der aus dem Hosenstall
des Sweeney, einladend auf ihren Schoss
wirkte, indem er sich wenig später befand.
Die scharfe Lady setzte sich über ihn und lies
ihn in sich wirken, während sie dem Kutscher
die Anweisung gab, ihr näher zu kommen
und seinen Phal in ihre andere Öffnung zu
verbringen.

<<So sehe ich schon den Lektor ermahnend,
mich zu sich beordern, um mir
nahezubringen, dass ich die Beschreibung,
von privaten Darbietungen, sowie der
Aufzählung ihrer Phantasien und perversen
Gelüste, der Bernadette doch bitte nicht zu
ausführlich schildern solle. Was mir als euer
Erzähler gar nicht einfällt, drum kürze ich ein
wenig ab.>>

Es ging rein und raus und so verbrachte das
Trio, einer schlafend und zwei in Geilheit

umnachtet, etliche Zeit. Bis Bernadette feststellte, dass sie der Hintereingang und vor allem das Begehen dieses, durch den Kutscher angenehm war. Da der Mast, den sie eben in ihrem Schoss trieb, seinen Dienst aufgab, sie zu tragen und das dadurch deutlich machte, dass er schlaff wie eine Nacktschnecke aus ihr heraus flutschte, sie gleichzeitig aber mehrere Male so beachtlich gekommen war. Sie spürte das ihre erogenen Zonen, bis 3 Meilen außerhalb ihres Körpers reichten und sie schaudern und beben ließen, dabei aber all ihre Kraft kosteten. Sie so ermattet in sich zusammensank und sofort einschlief, der Kutscher aber lange nicht so weit war. Er ist ein Barbar, ausdauernd und hart im Geben. Dieses der Adeligen ja so gefiel. Seine Erregung und Lust war nicht zu Ende, alldieweil außerstande seine Gebieterin zu schänden, während sie schlief, wendete Ashton sich Sweeney zu. Das was ich meiner geneigten Leserschaft und zuerst dem Lektor, an Information zumute, dass der SoS die Schändung seiner Poperze gar nicht wahrnahm. Das der Kutscher nicht die gleichen Hemmungen schlafenden Personen gegenüber aufbrachte wie z.B für seine Herrin.
Irgendwann und es war schon etwas später, erwachte Bernadette aus ihrer Erschöpfung. Der Kutscher war soeben geräuschvoll

fertiggeworden, wischte sein Gemächt an Sweeneys Hosenboden ab, bevor er es in seinen eigenen Hosenlatz stopfte und dabei einen zufriedenen Eindruck machte. Da befahl ihm seine Herrin, den Sweeney aufzunehmen und in die Kutsche zu bringen und damit zum Lektor zu fahren.

<<Ja liebe Leser, zum Lektor, jene Person, welche in dieser meiner Erzählung eine Rolle spielt. Wie sich herausstellen wird eine gewichtige oder gar keine, darauf bin ich in jenem Moment ebenso gespannt wie ihr. Dieser Lektor, von dem dieses Buch handelt, wird ausreichend vorgestellt.
Außerhalb der Arbeit, im realen Leben, eures Erzählers, spielt der Lektor in Ausübung seines Berufes, eben diese Rolle. Mit sadistischer Genugtuung, einen Autor erst zu brechen, indem er dessen Werk zerreißt, vernichtet, mit Füßen Tritt oder mit den Händen würgt, nur um es dann völlig anders wieder aufzustellen. Nach seiner Vorstellung und somit den Autor neu aufbaut um ihn bis zur Fertigstellung weiterer Kapitel erneut zu brechen.>>

Am Lektor führt kein Weg vorbei und so wird Sweeney vor dem Geschöpf stehen, das gescheitelt und mit Pomade, so wollfettig glänzend, jenen Viktorianischen

Hofschranzen gleicht, denen er so trefflich nacheifert. Dabei sich wandet und deren Gehröcken oder Leibrock eine doppelreihige Jacke mit knielangem Schoß, mittels einer Taillennaht, dieser Epoche in keiner Weise spottet, eher kopiert und die Zeit wiedergibt. Doch dazu später.
Bernadette gab dem Kutscher jede erdenkliche Instruktion und bestand auf eine genauste Einhaltung und unterließ es nicht, eine Drohung auszusprechen, würde der Diener diesen nicht folgen.
Ashton der Kutscher, nahm den Sweeney wie einen Seesack über die Schultern und brachte diesen zu seinem Gefährt. Er holte die Pferde ans Geschirr, die zuvor grasend in der Nähe der Kutsche angebunden waren, und lies Sweeney krachend ins Wageninnere fallen. Dabei beeilte er sich die Anordnungen seiner geliebten Herrin zu befolgen, die da lauteten: „Bring den Trottel zum Lektor, den beim Lektor wird er alles erfahren, was er erfahren muss. Bevor Du ihn dort ablieferst, vergewissere Dich, das er wach ist und dann kläre ihn darüber auf, was ich Dir über den Barden berichtet habe, was er mir sagte, bevor er starb."
Der Kutscher tat dem so und fuhr mit Sweeney, an das andere Ende von Antrim, wo der Lektor sein Anwesen hat und demzufolge am ehesten dort anzutreffen wäre.

Jetzt sind wir alle wieder an der Stelle, an der ich und Sie bereits waren. Damit kann den kleinen Rückblick beenden.

7. Begreifen und Verstehen.

„Hör zu", blaffte Ashton der Kutscher „hör genau und gut zu, den es ist wichtig" Sweeney von jeher ein schlechter Zuhörer sah dies anders, Schaute aber dennoch interessiert, in des Wagenlenkers Richtung und heuchelte wahres Interesse, an einem Vortrag.
„Was letzte Nacht war, ist nicht wichtig" hob der Kutscher die Stimme. Aber sah Sweeney anders und grinste wissend in die Richtung des Wagenlenkers. All die Sauereien, die er erlebt zu haben glaubte, fanden ihren Beweis im Zustand seines Lümmels. Welcher wie Feuer schmerzte, weil er wund war, aber seine Pupe stellte er fest, brannte lichterloh und er hatte das Gefühl, als wäre sein Arsch weit aufgerissen. Er konnte sich aber nicht erinnern, welche der Sado- masochistischen Einfälle der Bernadette diesen Schmerz verursacht haben könnte, aber er befand, das es ihm gefiel, es gut gewesen sein wird. So sprach er.
„Für euch ihr trauriger Gesell, war die letzte Nacht sicher ebenso unwichtig wie jede

zuvor, aber als Gentleman der zu genießen und schweigen versteht, werde ich euch nicht berichten, zu welchem Ruhm und welcher Ehre ich heute Nacht die Gipfel der Ektase erklomm." Sie waren gewaltig.

Der Kutscher schaute etwas verwirrt, was er dann eine Weile so beibehielt und die Intensität des irritierten weiter steigerte.

„Meine Herrin Bernadette, hat mich geschickt um euch zum Lektor zu bringen und bei ihm abzuliefern, dort sollt ihr alles weitere erfahren, was ihr für eure weitere lange, sehr lange Reise benötigt."

„Vorab so sei euch gesagt, meine Herrin übernimmt sämtliche Kosten. Sie trägt die Verantwortung für dieses Unternehmen, sie lässt ausrichten, sie sei angetan von euch und überträgt euch deswegen die Aufgabe, den Schatz von Andra für sie zu suchen. Den sie mit euch teilen will, so wie sie auch anderes mit euch zu Teilen bereit ist."

„Oh ja, ich verstehe den Umfang der Teilungen, habe ich doch schon letzte Nacht, den Vorgeschmack gekostet" frohlockte der Sweeney.

Wieder verfiel der Kutscher in diese Irritation und machte dies durch einen stumpfen Gesichtsausdruck deutlich.

„Ein Barde ist letzte Nacht Opfer einer Kette von unglücklichen Umständen geworden. Ein Barde der ein Geheimnis hat und dieses beinahe in sein Grab mitgenommen hätte, wäre er nicht der wundervollen Bernadette begegnet, der er dieses Geheimnis anvertraute, wie er es schon 100te Male vergeblich versuchte. Auch mir, wenn ich alleine in dem Wirtshaus zu Antrim meinen Abend verbrachte, probierte der Barde diese Legende zu verkaufen, die Geschichte von einem Schatz, einem riesigen Schatz, der auf Andra versteckt sein soll." „Ich selbst glaube ebenso wenig wie alle anderen denen er das Märchen erzählt hat, aber meine Herrin glaubt ihm nicht nur, sie ist absolut überzeugt, das dieser Schatz existiert und nun habt ihr die Ehre, diesen für sie zu finden!"

„Schatz, schmatz ratz fatz....was ein Rabatz, ich will gar keinen Schatz, den meinen habe ich gestern gefunden", tirrilierte der O´Shea, „bringt mich zu diesem Schatz, ich befehle es euch Lakai, umgehend"
Umgehend beschreibt eine Zeitspanne, die extrem kurz ist. Und genauso eine Periode, eine wahnsinnig kleine verstrich zwischen diesem Satz, des Sweeney und einem Stirnbatscher. Welcher später einen italienischen Schauspieler, der mal Olympionike im Kader des Schwimmwettkampfes war, mit seinem extrem blauäugigen Gefährten, soviel Berühmtheit verschaffte. Mit diesem

Stirnklatscherergatterte dieser sich Gagen, von denen er nicht nur leidlich satt wurde und an Leibesfülle gewann, sondern als Olympionike von niemanden war, genommen wurde. Ihn dennoch befähigte, Neapel und 2 Stadtteile in Rom zu erwerben, bis dieser Stirnbatscher auf seiner Stirn eintraf und die Wucht ihn 10 Meter durch den Raum gleiten lies. Nur es war wenig Innenraum vorhanden, den Sweeney stand in der Pampa vor der Kutsche, aber es war kein slippen, sondern eher ein Niederschmetterndes durch den Dreck pflügen.

„Hör zu, Wurm.... ich habe Dich gewarnt." Ashton der Kutscher, griff Sweeney an den Kragen und stellte diesen unsanft wieder vor sich auf, ohne ihn aber loszulassen. Was ihm Arbeit ersparte, da es sich herausstellte, dass O´Shea dem Schläger weitere Gründe gab, ihm ein paar zu verpassen, alleine dem Umstand geschuldet das Sweeney eben kein guter Zuhörer ist.
Nachdem sich etliche Male, eine zur Faust geformten Extremität des Kutschers, in dem Bereich des Gesichtes einfand, wo blaue und grüne Flecken entstehen und diese voll aufblühten, gestattete Sweeney seiner Gesundheit, einen Appell an seine Geduld zu senden. In der Hoffnung das er die nötige Fähigkeit, die einen weiteren Einschlag auf

den Wangenknochen zu verhindern, durch
Zuhören zu vermeiden.
Er lauschte dem Kutscher andächtig und
murmelte ein freundlich interessiertes „Ah ja,
soso, ach nein" und etliche Aaah und Ooh´s
So erfuhr er vom Gespannlenker, das ein
gigantischer Schatz existierte, an den
niemand glauben wollte, von dem aber
Bernadette schon vieles gehört und gelesen
hatte und seid ihrer frühen Jugend, etliche
Zeit damit verbrachte, Näheres in Erfahrung
zu bringen.
Dass der Barde nicht nur vom gleichen Schatz
sprach. Sondern das er sogar den ersten
Beweis in Form eines Rings, dessen Fassung
einen Stein umschloss, der ins richtige
Schloss gesteckt, eine Türe öffnet und einen
weiteren Hinweis auf die Lage des Schatzes
preisgeben würde.
Das erfuhr Sweeney ebenso, wie seine neu
erworbene Aufmerksamkeit ihm mitteilte,
dass der Barde den Schlüssel aber nicht mehr
habe. Sondern diesen einer Dirne, eher zwei
Huren in einer, als Pfand hinterlegt hatte,
weil das Budget dessen er habhaft war, mit
dem Etat das seine Lust forderte, nicht
konform ging und die Puffmutter ihm diesen
Fingerreif als Pfand abverlangte. Unter dem
Hinweis, dass wenn er nicht kooperiere, sie
den Ring, nach seinem baldigen Ableben,
nähme und er nur zu gewinnen hätte.

Dieser Fingerreif befindet sich in Limerick in der Grafschaft Limmerick, an einem Ort der Dun Bleisce Doon hieße, einer Festung der Huren, wo eine Mama San, einen kleinen gutgehenden Amüsierbetrieb mit Erlebnis Gastronomie, sowie „oberen Stockwerken" betrieb, die der singende Geselle, oft aufsuchte, öfters wie es sein Salär als Barde zuließe.
Diesen Schlüssel solle er Sweeney zuerst abholen. Nein nicht die volle Aufmerksamkeit des O´Shea, hergestellt durch einige brachiale Treffer auf seinen Cortex. Außerdem den Hirnstamm, sowie einer Zusammenführung seines vorderen Hirnlappens, mit der fünfgliedrigen Extremität, die am Ende des Armes von Ashton geballt war, durchblutete sämtliche Sektionen der grauen Masse, des Sweeney. Wie nie zuvor erlebt und belebt und ließen, zu das der Held allmählich verstand. Zuerst solle er den Lektor aufsuchen.
Was recht praktisch war, weil der Fuhrmann ihn genau auf dessen Anwesen auf dem ständig renoviert wurde, aus der Kutsche gezogen hat. Was den Schluss zuließ, das Sweeney am Ziel, der ersten Etappe angelangt war, den Lektor zu konsultieren hatte und um im Anschluss nach Dun Bleisce Doon abzureisen. Wie die Reise aussehen sollte, das war Sweeney aber nicht bewusst. Was daran lag das der Kutscher in seinem Vortrag, gar

nicht an der Stelle angekommen war. Es jetzt aber ist.
Von daher schreibe ich ab hier wieder Live mit und fahre so mit der Erzählung fort.

„Dieser Rappe und diese Stute, sind eine Gabe von meiner Herrin" der Kutscher deutete auf die beiden Leitpferde in seinem Gespann, von dem der Rappe schwarz war und den Namen Whisky trug, während die kräftige Stute weiß war und auf Soda hörte.
„Diese Pferde, dieser Beutel mit Gold, ein Schießgerät und reichlich von dem schwarzen Pulver, eine Dose Zündplättchen und dieser Beutel mit Kugeln. Dazu Proviant für eine weite Reise. Dieses Foto im Medaillon das meine Herrin zeigt und ihr euch vors Herz hängen sollt, damit ihr nie vergesst, warum ihr dies auf euch nehmen werdet und mit wem ihr den ganzen Schatz dann teilt.
Dazu allerlei Zeugs, das ihr unterwegs brauchen könnt und für die ersten 5 Tage 10 Flaschen besten Weines, weil ihr die ersten 5 Tage durch ein Gebiet müsst, in dem niemand lebt und in dem ihr keinerlei Vorräte erwerben könnt"
Während der Ashton dies sprach, rülpste der O´Shea laut und stellte die erste Pulle des erlesenen Weines auf der Stirn des Kutschers ab. Zum Glück war die Flasche leer, weil sie sonst ihren Inhalt auf des Ashtons Hemd

ergossen hätte, nachdem sie brach. Darauf lief dem Fuhrmann etwas anderes über sein wundervoll gestärktes blütenfeines Hemd, für das der Kutscher bei den Damen so hoch im Kurse stand. Es war Blut das aus einer Stirnwunde zu Tale oder genauer auf das Hemd floss.
Ashton wäre normalerweise entsetzt darüber, dass sein Kleidungsstück, sein weißes gestärktes Hemd, sein Markenzeichen, das von dem er etliche hatte und die seinen ganzen Stolz darstellten, derart ruiniert wurde. Er konnte aber das Entsetzen nicht finden, da sein Bewusstsein damit beschäftigt war, abwesend zu sein, was einem entsetzt sein keine Bühne bieten könnte, um sich dort auszubreiten.
Ashton fiel um wie ein Sack, irländischer Kartoffeln.
Der Sweeney, der vom Zuhören benommen war, eher von dem Liter feinster gekelterter Trauben, vom Federweißen zum neuen Wein vergoren. Im Fass zum edlen Tropfen gereift, auf diese Flasche gezogen, um ihm dann so vorzüglich zu munden, bevor der seinem Inhalt beraubte Behälter, sich in einem selbstmörderischen Anschlag auf der Stirne des Ashton entzweite,
Dieser Sweeney, schickte sich an, die beiden Pferde auszuschirren, dem Whisky einen Sattel aufzulegen und der Soda das Gepäck

aufzubürden, dachte über das alles nach und stellte fest, das ihm das recht fein gefallen würde. Nachfolgend dem Besuch beim Lektor, zur Hurenfestung zu reiten, den Schlüssel an sich zu nehmen und seiner Bernadette zu bringen. Mit ihr würde er zusammen weitere Abenteuer, an vielen anderen Plätzen und entfernten Orten, zu erleben, ja das war genau sein Ding.
Das Ding von dem Helden der er zweifellos war, der einer schönen Frau gehören wollte und dafür kämpfte, so möge es sein, Er.... Sweeney O´Shea, würde all das schaffen und erreichen. Am Schluss würde er den Schatz und seine größten Belohnung finden und mit dieser glücklich bis ans Ende der Tage, den Schatz verprassen, sprach es laut aus und begab sich auf den Weg ins Anwesen des Lektors, um diesen aufzusuchen.

8. Der Lektor, die Lektionen und wo man sich sonst lecken mag, sogar gegenseitig

Das Anwesen des Lektors war in erster Linie ein Park, indem ein Garten angelegt war, den man durch ein großes schmiedeeisernes Tor zu betreten hatte, das imposant und ebenso verrostet war.
Hatte man sich durch dieses Tor erst einmal gewagt, betrat man einen Weg, der zwischen Beeten hindurchführte. Diese mit umgedrehten Whisky und Weinflaschen eingegrenzt waren, in Irrwegen und Schlingen verlaufend, auf ein Gebilde zu, das wir hier eine Datsche nennen, weil so etwas in einen Garten gut passt, aber in diesem Fall keine war.
Äußerlich ein windschiefes, altes Gartenhaus mit einem noch schieferen Ofenrohr auf dem windschiefen Dach, das auf gekippten Wänden auflag, in denen der Gipfel der Schiefheit im Wind auf und zu klappte, was Fenster sein wollten, aber die Bezeichnung nicht verdienten.
Wer denkt, der Lektor, dessen Person ich angekündigt habe, haust in einem windschiefen Verschlag, hat zwar gut

aufgepasst und seine Phantasie wurde von meiner Erzählung geleitet, aber es war anders. Nichts ist, wie es scheint, und so erfasst das Auge vor der brachial schiefen Türe, ein windschiefes Gartenhaus, aber hinter dieser Tür, dazu komme ich gleich.
In diesem Garten wuchs so alles an bekannten Gewächsen, mehr unbekanntes, zumindest mir fremdes, aber darum bin ich der Erzähler und nicht der Gärtner.
Allerlei Giftefeu und Umanach, Waldmeister und Kräuter aus denen man manch feinen Brand herstellen konnte. Wie den Wacholder z.B aus dem die Holländer, einst den Genever brannten. Aus dem die Engländer aufgrund ihrer komplizierten Aussprache Gin als Bezeichnung fanden, der im Königshaus Britannien, der aktuellen Queen Mutter, das Leben ungemein verlängert, da sie diesen ebenso über alles liebt und in solchen ungewöhnlichen Mengen ihrem Körper zuführt.

Dabei wird der Gin gar nicht gebrannt, sondern besteht aus Alkohol, so etwas wie ein gewöhnlicher Vodka, den man aus Kartoffeln herstellt, die es in diesem Garten zu dem zwecke ebenfalls in Hülle und reichlicher Fülle gab.
Wacholderbeeren sind, dass absolute muss, die Essenz und so steht ein kleiner

Buschwald, dieses Gewächses dem Gartenhaus am nächsten.
Dort steht eine Badewanne, in der dieser Gin angesetzt wird, indem man Gewürze, wie Kardamom, Rinden, Birke, Samen Wurzeln auch Frucht einbrachte und das ganze ziehen lies.
Aber hier gleich neben der Wanne, in einem kleinen weniger schiefen Gebäude, wurde das Gebräu erneut raffiniert destilliert und zu einem ganz besonderen Gin gebrannt, dem Meckpom Saphire, eine klassische Abfüllung mit 48% mindestens. Der Name leitet sich aus dem Herkunftsland des spirituosen Liebhabers und Erzeugers ab, Mecklenburg in Pommern und Saphire. Weil dem Kreator nichts Besseres einfiel, es aber wie ein Brillant klingen sollte, was es nicht tat und so nur ein Saphire wurde.
Gleich neben dem Brandhaus befand sich eine Kelter, die fleißig benutzt wurde. Die Berge an Obst entsaftete, auf das umgehend durch einen chemisch biologischen Prozess, der Gärung geschuldet aus ungenießbarem Obst, genießbaren Wein entstehen lies oder zumindest in der Vorstufe den Most.
Diesen verbringt man in ein Mischgefäß unter Zugabe von Zucker und später von Hefe, die als Brot so gar keinen Spaß macht, in Verbindung mit dem Most, dem Zucker diesen aber in Alkohol verwandelt. Trotz des

Zuckers bildet sich vor allem bei Beeren, wie der Traube eine starke Säure. Der dann entgegengewirkt wird, indem man kohlensauren Kalk dazugibt, danach erst kommt alles in ein Gargefäß, in dem das Gemisch ruht. Ab dem 3ten Tag beginnt die Gärung und später, wenn das Ergebnis als Wein in Flaschen gezogen wird, macht das verwendete Obst, die langweilige Hefe und der Zucker ordentlich Spaß, wenn Sie miteinander gut harmonieren.
So erklärt sich ein weiteres Gebäude, das solider schien als alle bisher beschriebenen. Dazu gab es einen Gewölbekeller, der den ganzen Garten im Untergrund durchzog, man munkelte das von diesem Kreuzgewölbe, der 50 m tiefer lag, weitere unterirdische gelegene Stollen in alle Richtungen abgingen. Dann im Wirtshaus von Antrim, dem Bürgermeisteramt des Ortes und der Bank, sowie in einem Gemach, einer holden Maid endeten, welche das Herz des nahezu herzlosen Besitzers dieser gesamten Anlage ein wenig berührte.

Schaute man an diesem letzten Gebäude neben der Kelter vorbei, entdeckte man einen äußerst massiven Bau, in dem ein soliderer Kessel aus Messing, der mit verwirrenden Rohrleitungen beeindruckte, stand.

Daneben ein weiterer Kessel und andere und so einige mehr. Zwei dieser Behälter dampften auf Hochtouren und ein übler Geruch lag in der Luft, in diesen beiden Kesseln, blubberte ein zukünftiges Ale und ein Porter, Biere die sich in Irland neben einem dunklen Guinness, großer Beliebtheit erfreuen.

Überall standen Körbe, in den Früchte lagen und Massen an Fässern in denen Obst verfaulte und nur dem Zweck dienten, dass unter Zugabe von Hefe und Zucker, Liköre, Weine und andere leicht bis schwere alkoholische Gesöffe sich entwickelten. Sweeney nahm all dieses mit großem Interesse wahr, befand er sich doch auf dem Irrweg, im Garten des Lektors. Er steuerte auf das windschiefe kleinste Gebäude zu und öffnete die Tür, die quietschend das es eine Freude war, aus ihren Angeln sprang und sich sofort verkeilte.

Der Sohn des O´Shea aber ward schon drin und verwundert, den er stand in einer Art Halle, die diffus, von einigen Fackeln und einem Feuer, das in einem Kamin glimmte, illuminiert war. Dazu flogen in einem aufgehängten Käfig, leuchtende Käfer ihre Runden und in Glasballons taten Glühwürmchen, was sie am besten konnten und spendeten weitere Erhellung.

Der Garten des Lektors

Es gab mehrere Sitzgruppen, feines Leder im viktorianischen Stile, was Sweeney aber nicht wusste, den der lebte ja eine Epoche davor in der georgischen Zeit, wobei es hätte ihn gar nicht interessiert.
An der Wand, gegenüber des Kamins, prangte ein Ölporträt, das einen Mann zeigte, Dessen rabenschwarzes Haar so tiefschwarz war, das selbst die reichlich auf ihr verteilte Pomade, das glänzen nicht zu Stande brachte, weil Licht, sobald es auf dieses Haupt fiel, sofort absorbiert wurde. Ein würdevoller aber äußerst strenger Blick. Welcher durch ein schwarzes Gestell in dem Glastücke gefasst zu sein schienen, was man als Augengläser oder später als Brille benennen würde, entrückt aber gleichzeitig dämonisch, was ausgezeichnet zu dem angedeuteten, schrecklichsten Lächeln, das jemals gelächelt wurde, passte. Dieses diabolische grinsen das dem Gemälde entfuhr, war dem Künstler gelungen, den es jagte jedem seiner Betrachter eine gehörige Gänsehaut ein. Sogar dem besagten Maler, der sich nach der Vollendung, dieses Werkes selbst blendete, weil er sich erhoffte, das Bild, das sich auf seiner Netzhaut eingebrannt hatte und diesen stechenden Blick zeigte, würde damit verschwinden.
Eine weitere Hoffnung, die sich niemals erfüllen würde, aber dies nur am Rande.

Zur rechten Seite des Bildes gab es ein weiteres Gemälde, dem derselbe stechende Blick, seine Dominanz gab und den abgebildeten mit einer merkwürdigen Apparatur zeigte. Einem auf 3 Beinen stehenden Kasten, mit einem Glasauge an seiner Frontseite und einem schwarzen Tuch auf der Rückseite, der hier porträtierte, hielt eine Art Dings mit einem Griff in die Höhe. Mit seiner anderen Hand bediente er eine Art Schnur, einen Draht, der mit dem Kasten verbunden war, genauer mit dem Auge, dieser Apparatur. Vor der Box stolzierten Damen, in berüchtigter Aufmachung oder räkelten sich noch zweifelhafter herum. Das geschah, indem sie Sitzmöbel nicht ordnungsgemäß sitzend verwendeten, sondern vulgär lümmelnd, was der Szene einen anrüchigen aber doch erotischen Charme gab und das allerschrecklichste Lächeln, das außer dem auf dem ersten Bild je gelächelt worden ist, erklärte.

Angezogen war der in Öl verewigte, äußerst elegant in einem Stile, den Sweeney so nie zu sehen bekam. Nicht einmal bei den gesellschaftlichen Anlässen, zu denen sein Vater den Erben immer mitnahm, weil er das Geschäft ja eines Tages führen sollte. Neben den beruflichen war das zweitliebste Thema, Kleidung und wie man grüne Krokodile auf Brusttaschen sticken könne und ob das gut

aussah, als Abwechslung zu drei Streifen, die zwar sportlich wirkten, aber als Design damals schon recht spärlich rüberkamen. Was Sweeney nicht ahnte, war, dass dieses Bild gar nicht gemalt worden war, den es entstand in einer späteren Epoche, wie das zur linken Seite aufgehängte Porträt. Was völlig den Verstand unseres Helden überforderte, was im allgemeinen aber recht oft passierte.
Dort war der gleiche, mit einer Brille den strengen Blick forcierende abgebildet. Diesmal aber vor einer mattglänzenden Schüssel oder Kutsche, den das Ding hatte Räder. Er stand in einem einwandfrei zerknitterten Gewand, einem derart gestärkten weißen Hemd, das nur ein aufrecht, ein gebeugt aber nimmer stattfinden konnte. Die Absicht des Trägers, dieser Kombination aus tadellos verrutschten Beinkleid, in dem eine Bügelfalte so scharf gekniffen war, das sie Zeit und Raum falten konnte, was zu dem Hemd durchaus passte, aber nur zu diesem. Über dem gestärkten Wäschestück saß locker ein Jackett, dessen Brusttasche von einem feinen Tuch dominiert wurde, direkt neben einem Knopfloch, in dem sich eine Nelke verfangen hatte.
Der Saum dieses Jacketts endete sportlich, direkt über dem mickrigen Gesäß, des Anzugträgers. Die Hose die all das darunter

liegende, vor allen Augen verbarg, weil jeder Blick von der Bügelfalte nahezu gespalten wurde, beulte sich auf der Rückseite enorm. In einer Tasche auf dem Gesäß angebracht, protzte eine Lederbörse, aus der Banknoten nur so quollen, weil dies Portmonee für eine solche Anzahl nicht konzipiert war.
In einer zweiten Tasche, die etwas dezenter versteckt angebracht war, lugte ein silberfarbener Verschluss rotzfrech auf einer silbernen Flasche sitzend, hervor. Diese beherbergte einen Trunk, dem der Besitzer des gesamten Assemblers, zugetan war und er diesen gerne in jenem edlen Behältnis bei sich trug, falls ein Verlangen ihn übermannte. Dies geschah häufig.
Im Hintergrund des Bildes sah er einen anderen Kasten mit Rädern. In knalligen Gelb, wie von einer Sonnenblume und davor einen Herren, der ein ebenso knallgelbes Gewand trug, auf dem ADAC stand. Ein Schriftzug, der sich auf dem Mobil hinter ihm ebenfalls entdecken lies, es schien so, als würde das mattglänzenden Gefährt auf dem KIA zu lesen war, was sicher für Katastrophe in Asien stand, an einem Seil hinter sich herziehen. Zumindest waren die Fahrzeuge miteinander verbunden.
Sweeney konnte mit diesen Darstellungen gar wenig anfangen und es hätte nichts geändert, wenn er wissen würde, das dieses Bild gar

nicht existierte, weil es später entstehen würde.

Dafür sprach die Brillanz und die Schärfe der Farben, das Bild sah aus, wie nicht gemalt, sondern als würde man einem Standbild der Zeit oder das was das Auge zu sehen vermochte, direkt auf einen Träger bannen zu können. Auf das dieser Moment, auf alle Ewigkeit erhalten blieb.

An einer der langen Wände gab es eine ganze Galerie, dass immer den gleichen Inhaber dieses Blickes zeigte. In sich verändernden Gewändern und so folgerte Sweeney, dass dieser Mensch sich gerne verkleidete und sich seiner Umwelt entweder anpasste oder dieser durch unpassende Kleidung entfloh, sich zumindest aber abhob.

Nicht weit von diesen Bildern entfernt, hinter einer gewaltigen Eichentüre, saß indes, der mehrfach porträtierte. An einem ebenso mächtigen Eichenschreibtisch, auf dem Gefäße aus Marmor. Gegenstände aus dem gleichen Stein, an der Tischkante aufgereiht waren, sicher um zu verhindern, das ein Schild das ebenda stand und auf dem Lektor zu lesen war, umfiele. Dem Inhaber dieses Saales, die Information verwehrte, was dieser den war, der Lektor.

Der dunkle Raum war nur erhellt durch ein nur für Elfen und andere Wesen sichtbares Licht, das mystisch waberte und sich ständig

veränderte. Ein weiteres Erhellen, das in einem Glaskolben pulste, in dem sich farbige gallertartige Klumpen, in Zeitlupe aneinander vorbeitrieben und nach oben und von da wieder abwärz wanderten. Der Lektor beachtete die Lavalampe nicht weiter und hing seinen Gedanken nach. Er freute sich still und diese Freude galt dem Umstand, dass bald wieder ein Grund bestünde, sich in viktorianische Gewänder zu zwängen. Vor allem in den neuen Gehrock, welcher der Schneider ihn vor wenigen Augenblicken durch einen Boten zugestellt hatte und von dem er behauptet hat, dass ihm dieser außerordentlich gut gelungen sei.
Der Lektor, sah das genauso und da er einen neuen Gehrock erworben hatte, der ihm vortrefflich passte, freute er sich auf das viktorianische Wochenende. Auf dem er ohnehin die Zeit vergessen werde, steif auf Wiesen, unter Eichen und vor vorzüglich gewandeten Damen positionieren konnte und es niemand merkte, dass sein Reden immer an gestern erinnert. Am liebsten mochte er an dieser Zeit, dass er mit einem Holzkasten steif herumstehen konnte, der vorne ein Glasauge hatte und der die Damen interessierte. Den sobald der Lektor mit diesem Werk mechanischer Uhrmacherkunst und ein paar Sperrholz Leichtbauteilen vom Schreinermeister Grufke auftauchte,

benahmen sich die Damen aber vor allem die Mägdelein immer albern. Sie begannen aus unerfindlichen Gründen, ihre Röcke zu reffen, ihre Beinkleider, meist aus feinster Seide zu präsentieren, und liefen, mit durchgedrücktem Kreuz und komischen Schwüngen vor diesem Kasten auf und ab, was der Lektor gerne mochte. Oft gelang es ihm, eins dieser Mägde von ihrem Kleid zu befreien, sie in einem See oder Fluss badend, vor dieser Apparatur auf den 3 Beinen für die Ewigkeit durch Licht zeichnen zu lassen. Ein Vorgang der auf einer silberbeschichteten Glasplatte, allerlei chemische Prozesse in Gang brachte und eben diese Magd verewigte.

Aber euch edle Frauen waren geneigt, sich dem Lektor zu öffnen. Ihm Einblicke zu gewähren, die sie sonst nur dem Gatten zuteilwerden ließen, was oft dazu führte, dass die eine oder andere Lust sich entwickelte und dem Lektor ein Tächtel Mächtel bescherte. In deren Konsequenz eine nicht unerhebliche Anzahl, weiblicher und männlicher Nachkommen, die glücklicherweise wenig Ähnlichkeiten mit dem Erzeuger hatten, die Welt mehr als nur bereicherten.
Sweeney hatte sich durch den Saal gearbeitet, war einer riesigen Eingangstüre nahe,
einer aus Eiche mit eisernem Beschlag und

einem großen Schild, aus Messing, auf dem
graviert stand.

9. Lektor DER

Sweeney klopfte höflich an und trat dann
unaufgefordert in den Raum ein, der sich
hinter der Tür mit dem Schild verbarg und
der so unendlich groß war, dass endlos das
passende Wort scheint, den so unermesslich
war dieser Raum.
An den Seitenwänden, die mit dem bloßen
Auge kaum zu erahnen waren, standen
Karteikästen und gegenüber die andere
Stirnwand, voller Registratur Schubladen. Die
hintere Wand war nicht zu erkennen, die
Decke, die Mauern die Möbel, alles schwarz
und von einer deprimierenden Düsternis.
Diese wurde nur vom Haupthaar der Person
übertroffen, die 10 Meter nach dem
Eingangstor, durch das Sweeney soeben
geschritten war, hinter einem Eichentisch, der
so schwer war, das er schwarze Löcher
einsaugte, was permanent geschah. In der
Tiefe dieses Raumes, der Düsternis dieser
Dunkelheit entstanden reichlich davon, da
saß er. DER LEKTOR, man sah nur ein
überirdisch weißes gestärktes Hemd, mit

einem gewaltigen Kragen. Eine unnatürlich käsige Scheibe das Antlitz, über diesem Kragen. Geteilt wurde das Gesicht von einer der licht adsorbierenden Brillen. Welche aus Antimaterie zu bestehen schien, wie das schwärzeste aller Haare, die je aus einem Nasenloch ragten. Dessen Gesicht Augen beherbergte, welche gnadenlos kalt, jedem Haifischauge spottend gefühlskalt durch diese Augengläser, ein Blick entsandten, der brennend die schwarze Luft teilte und an der Stirnwand stoben und sich teilend aufgesaugt wurde.

Überall brannten Kerzen, Fackeln und alle 10 Meter so schien es, loderte in einem Kamin Feuer um diesen Raum, der nicht mal eine Halle war, in seiner Unermesslichkeit, zu wärmen. Dennoch war es kalt und dunkel, den dieser „Raum …. war nicht, was er schien, war nicht, was er vorgab zu sein. Diese Unendlichkeit, in einer kleinen windschiefen Hütte, nicht mal ein rechtes Schreberhaus, wie sollte dieser Raum in jenem anderen Ort, genannt Gartenhaus überhaupt existieren und existierte dieses Phänomen den?
Die Person, die diesen Raum bewohnte, war sie echt oder gezeichnet? Diese Aura des Lektors, inmitten von nichts als Schwärze, so düster, das sogar Kohle in diesem Zustand fluoreszierte und es glühte so manches.

Um den Lektor ward ein Geflimmer, ein sich krümmen und zusammenziehen von Dunkeler Materie. Das Haar schien sich ständig in das sinister und die schwere der Tischplatte aus Eiseneiche, aufzulösen und sich wieder aus pulsierenden schwarzen Löchern, die um den Lektor waberten, zu nähren.
Vor sich auf dem Schreibtisch, dessen Dichte einen Planeten wie den Jupiter ansaugen und absorbieren könnte, was schon geschehen war. Ebenso diverse Milchstraßen und ein interstellares Raumschiffkino mit angeschlossenem Imbiss und einer Bowlingbahn. Aus der unmittelbaren Nähe von dem Planeten Ursa Ork 13, der als Amüsierbetrieb für Raumkreuzer Kapitäne und deren Besatzungen dort installiert wurde und wegen, Problemen an der öffentlichen Toilettenanlagen geschlossen werden musste. Denn wie man sich vorstellen kann, der intergalaktische Raumverkehr is ja für alle Aliens benutzbar und jede Spezies eben andere Ausscheidungsorgane haben, die sagen wir mit denen auf der Erde bekannten, nicht kompatibel sind. Mit Ausnahme der Goddocken, die ein Beutelsystem haben, das wenn dieser gefüllt ist, viaGleitlucke dem Organismus entnommen wird und absolut

Hygienisch und keimfrei, in jedem Papierkorb entsorgt werden kann.
Andere Spezies haben aber derart komplizierte Verdauungs- und vor allem Ausscheidungsmechanismen, dass die vorhandene sanitäre Anlage von San-O-fair nur im männlichen Sektor an die 500 Kabinen zur Verfügung stellt. Im weiblichen Trakt nochmals 500 Kabinen und dann kamen diverse Aliens, die jederzeit auf eines der 1000 verschieden konstruierten Toiletten hätten gehen können, aber auf eigenen sanitären Luxus bestanden.
Ein weiteres Problem war der Zustand der Anlage, den die meisten Besucher, suchten das Örtchen im allgemeinen erst in der allerhöchsten Not auf. Oft auf den letzten Drücker, wenn die Blase oder der FrüüPEL, ein Hebroanischer Kräästling oder der Enddarm eines Grusenkoors, schon im Endstadium der maximalen Aufnahme der Speichermenge angekommen war und der Besitzer dieser vorzüglichen Verdauungs-Apparate, es nicht mehr halten konnte. Jetzt unter 500 Türen oder Einsaug, Abpump und Fruluugg Vorrichtungen, genau und auf die schnelle, das zur eigenen Anatomie passende Klo Set zu finden, gelang nicht immer oder eher selten.
So war der zentrale Zugangsraum, nicht im besten Zustand, zumal einige Spezies Mengen

an Ausscheidungen produzierten, die einer Reise von 19 Lichtjahren entstammen. Meist mit einem Gleiter der nicht mal annähernd 10% Lichtgeschwindigkeit flog, und für Tage den Zugang von nahezu 900 Türen versperrte. Nicht der Gleiter, sondern die Fäkalie die der Raumfahrende seid Stunden halten musste, es die letzten Sekunden aber nicht mehr schaffte.
Diese Problematik und die Tatsache das im All keinerlei CO_2 entstehen konnte, war der Ausschlag dafür das nicht nur diese intergalaktische Raumkinostation, sondern, 80% aller Hyperraumstraßen geschlossen werden mussten. Weil es zwar ein Kinderspiel ist oder wurde, ein Raumschiff auf Warp 12 hoch 10 minus 8 zu beschleunigen, das dann aber im Leerlauf war, unwahrscheinlich schneller flog, wenn man den ersten Gang einlegte und den Gleiter durch sämtliche Schaltstellungen jagte, als einen Sanitärbereich, der nahezu allen Spezies, mit Ausnahme der Goddocken mit ihren famosen Beutelsystem, zu errichten.

Anträge der Godheiken, der Marsianer und von Klonkriegern, ein einheitliches Beutel Verdauungssystem, auf Hyperraumstraßen einzuführen, scheiterte am Einspruch von Zaark Kandarwiis. Einem der Alkaloiden von Beta Fröhn, der anführte, das jeder Gebeutelte zu Hause dann wieder die Probleme hätte,

das er den eigenen sanitären Bereich nicht mehr nutzen könne und diese Fehlinvestition steuerlich nicht gelten lassen würde.
Einsprüche der Opposition, die entgegneten, dass er ja den Beutel nahezu überall entsorgen könne, wurden abgeschmettert ...
Am meisten von den feministischen G´wärschnern-O-innen, die immer und gegen alles waren, das konsequent.
Vor sich, auf diesem Schreibtisch, der so sämtlichst mögliche in sich trug, zu mindestens etliche Galaxien. Wenn nicht alles, was sich ausschließen lässt, da die Kantenlängen, der Umrandung doch überschaubar war, die Dichte ja ..... die Komprimierung, die war eine Unbekannte, aber sie war ebenso unfassbar, wie dieser „Raum" welcher der unendliche Raum sein musste, in der die Welten in dieser Schreibtischplatte ruhend, zwischen all diesen schwarzen Löchern, den Antimaterie Feldern und Gedöns da umtrieb. Dort stand ein mächtiger aus schwärzestem Marmor bestehender Stempel Halter, mit den Beschriftungen: ZENSIERT, Schmutz, Pornografie, politisch inkorrekt, FAIL, zur Vernichtung freigegeben, nicht GRETA konform und ähnliche.
Direkt anbei, ein Schreibtisch Set, ebenfalls aus einem Marmor gehauen, dessen schwärze und Kompaktheit, ständig mit derselben, auf

dem Haupt des Lektors konkurrierte. Dabei
kämpfte und nur am wollfettigen Glanz, der
aber trotz der großzügig eingewirkten
Pomade, an Sichtbarkeit nichts bewirkte.
Der Lektor, über dem Hemd, dessen
gestärkter, weissester aller Kragen, eine klare
Kriegserklärung an das umgebende Sinester
war und an den etwa knielangen Gehrock, in
einem Licht schluckenden Ton. Wie mehrfach
beschrieben, so schwarz das nicht einmal,
weiße Fussel eine Chance hatten, sichtbar zu
werden, selbst wenn man sie in
Andorianische Persilmoleküle tunkt. Er saß
hinter diesem Schreibtisch und trug die
weißesten Handschuhe, die man aus allem
anderen außer Samt herstellen konnte, leider
waren diese aus Baumwolle und dienten nicht
der Kälte zu trotzen, sondern, der Zensur.
DER STIFT, den sie zu halten hatten, den Stift
den Äonen an Schriftstellern, Autoren,
Setzern Druckern, Schreibern und alle
sterblichen Lektoren fürchteten. Dieser Stift,
der Götter überflüssig, da machtlos macht.
Allein dieser Stift der ROT schreibt und
dessen Rot auf einen Text verbracht, alles
löscht, was dem Lektor nicht passt oder
gefällt. Eben dieser Rotstift, das Schwert des
Intellekts, mit deren Hilfe der Lektor die
dummen und die arroganten und die
unwissenden und jedem der sich ihm und
seinen Vorgaben widersetzt, geißelt und sogar

vernichtet. Nach diesem Stift kommt der Stempel, in dem gleichen blutigen Rot, welcher das endgültige Urteil fällt ist der Lektorenstift der Ankläger und Staatsanwalt, so ist der Stempel der Richter und der Henker, so spart man Personal.
Sweeney wäre, überwältig worden, von diesem Anblick, der so fremd, so sagenhaft so unendlich in die Endlosigkeit blicken lies. Von der Erscheinung des Lektors, der allmächtig thronend, mit bohrendem, stechenden ja glühenden Blick, durch die düsterste Materie brannte. Wenn er nur 5% dessen begreifen würde, das er sah, was aber gar nicht das Hauptproblem war, den im Grunde war es Sweeney nur egal.
„Tach" sagte er schlicht, was dem Gemüt und seinem Geistesgesamtzustand, am nächsten kam, den so war er der Sohn des O´Shea, simplen Verstandes.
Ein donnernde, eine tosende Stille kam, als Antwort nur der brennende Blick des Lektors war fast hörbar.
„Moin, moin", versuchte derer von O Shea´s es erneut, worauf ein Donnerndes „ein Moin genügt, Schwätzer" sich aus der tiefsten Dunkelheit materialisierte.
Nachdem der Donner dieser Stimmerscheinung sich gelegt hatte, spürte man wie der Raum und die Zeit, welche diese Ansprache benötigt hatte, sich verkrümmte.

Sich dehnte und andere Sachen vollführte, die zu beeindrucken wahrlich jeder geneigt war, außer Sweeney der den Zensor nur ansah. Um den Lektor bildete sich eine art unheilschwangere Aura, die sich zusammenzog, extrahierte und alles sinistre in diesem Raum strafte. Allein indem sie schwärzer war, was langsam in den Augen wehtat, Sweeney fühlte sich, als würde jeder Rest Licht aus seinen eigenen listig blickenden Äuglein gesogen. Es ward wie in der Finsternis gemolken und auf einem anderen Weg in seinen Hinterkopf zurückgeschickt, in dem es nicht viel heller war.

„Ich habe Dein kommen erwartet," formten sich Moleküle zu Tönen zusammen und drangen so gefestigt in des Sweeney Ohr, „Du bist hier weil Du die Instruktionen benötigst, einen Plan oder Navigationshilfen" wummerte es bässlich, aus der umgebenen Tiefe, in der einige Piezo Lautsprecher zu stehen eher schweben zu schienen, die den höheren Tönen, etwas Schwebendes gaben, als würden die Klänge auf einem Teppich gleiten.

Natürlich kannte Sweeney weder Bässe, Lautsprecher oder irgendwelche Systeme. Schon Schnürschuhe stellten seinen Intellekt auf die allerhöchste Anforderungsstufe und doch war in dieser Unendlichkeit, ein

Soundsystem installiert. Eines dessen Meega-Bass-O-matic, mit 13 stufen Hypersound-O-Surround Endstufen mit einem Logicprozessor, auf Basis einer auf Kalotte gelagerten Phalanx. Welche nur den Zweck hatte, dieses System so sündhaft teuer zu machen, wie es einem Raum in der Größe jenes Saales, geziemte. Ansonsten war der technische Nutzen einer solchen Phalanx umstritten, außerdem war die ganze Anlage unsichtbar. Extrem trickreich in die schwarzen Löcher integriert. Die sämtlichen Schall sofort absorbierten und dann über Wurmlöcher, die mehrere Ausgänge hatten, einer Art Hyperstereo, die an jedem Punkt dieses unendlichen Raumes gleichzeitig, jedes Molekül anstoßen und zum Schwingen brachte, was diesen ultrafeinen Klang erzeugte.

Der Sweeney stand still und desinteressiert, nur irgendwo dazwischen und überlegte, wie wunderbar seine Laute, die er so gerne schlägt, wenn Melancholie sich über ihn senkt, hier klingen würde und welche Macht dieses ermöglicht. Vor allem wie man das bei ihm auf dem Landsitz der O´Sheas ebenfalls installieren könnte und ob er das dann wollte.

„Den Schatz" schwollen die Moleküle wieder zu Kaskaden reinsten Tones an,

„Zu finden bedeutet Gefahren zu überwinden,
Gedanken an Dich zu binden, lesen in der Baumes Rinden".
„Dort geschrieben zwischen den Herzen und den Ausdrücken von Schmerzen,
welch Liebende in den Ast geritzt, neben dem Einschlag nach dem es geblitzt,
wirst Du sie finden, sehend oder als einer von den Blinden"

„Ich sage es mit Milde, verlassen wirst Du dies Gefilde, reitend bis zu dem Bilde, gezeichnet darauf eine Magier Gilde,
das umzudrehen Du führst im Schilde, weil auf der anderen seit,
wenn es ist so weit,
ein Plan steckt, der Deine Begierde weckt und nicht verdeckt, es sei er ist verdreckt,
welchen Weg Du gehst und wenn Du nur hier herum stehst.
Maulaffenfeil und dumm aus dem Wams nur schaust,
du Dir die Chance verbaust, die Stationen zu erreichen,
Dich macht von einem Armen zu einem Reichen.
Tutst Du kein Jota von diesem Plan abweichen."
„Aber bedenke, wenn ich Dir dies Wissen schenke
Deine Geschicke von hier aus lenke.

Deine Geschichte bleibt rein, keine Politik
und Gedanken vom Schwein.
Ich dulde keine Ferkelei, bleib stets dabei
Weil sonst den Stift ich senke, auf die Blätter
deiner Historie und ich denke, einen roten
Strich zu ziehen, den der Plan ist nur
geliehen.
Und wenn der Stift die Geschichte zerbricht,
die zu erleben, seist Du erpicht.
Keine Bernadette, keine Babette und auch
nicht die Janette raucht mit Dir im Bett, die
danach Zigarette."

Worauf aus der tiefsten Schwärze, ein
erhebender Frauenchor, erfreute des Sweeney
Ohr, wie nie zuvor „Uaaaaaah Baaaby uhh
uuh aaaa", wie silbriger Glocken Klang, sich in
die Neuronen des SoS sang..
„So seist Du bereit, jetzt ist deine Zeit,
nur der Kojote überschreitet meine Gebote,
aber Du denk stets an die Note und erfülle
diese Quote.
Sauber in Gedanken, auch wenn deine Hosen
oft stanken,
reinen Herzens sollst Du sein, weil sonst hau
ich Dir eine rein.
Sittsame Gedanken, ein Gentleman wie von
den Franken,
nicht fluchen, nicht schimpfen, weil ich das
sonst streiche oder

Dich schlag mit einem Stock von der Eiche,
weil glaubs besser
ich nicht von deiner Seite weiche."

„Für die Geschichte gibt es den Erzähler, der seine Worte besser wählt, ER,
Du bist nur die Erzählung, gratuliere zu eurer Vermählung.
Ohne Dich der Erzähler nichts hat, was er schreibt auf das leere Blatt.
Du aber Sweeney der Held, bist es von dem er erzählt,
und hofft, dass ich nicht den „Abgelehnt" Stempel erwählt,
so seid ihr vermählt und in diesem Bunde, ab jetzt bis zur letzten Stunde.
Bis der Erzähler schreibt von seiner Lende
und setzt das finale Wort, das da heißt ENDE"

Die Schwärze in diesem Raum wurde für einen Nanobruchteil einer Äone milder, durchsichtiger, die wohlmodulierte Stimme klang nach und drang überall durch und durch. So in den O´Shea, der keinen einzigen Moment zugehört hatte, weil er Visionen von sich, seiner Laute und diesem Raum, den er in seiner Vision Club nannte und sich selbst DJ Svenney. Der hinter kreisenden schwarzen Scheiben stand, welche Klangteppiche generierten, die erbaulich und schön, abgelöst von stakkatohaftem Bass und gnadenlosen

Midranges einer Menge, die vor Erregung
niederbricht, Bewegungen abverlangte,
welche epileptischen Anfällen gleich, auf
einem Dancefloor vorgetragen unter den
Klängen„ this is my House and this is not your
House" später einmal einem
Pickelgesichtigen, schwindsüchtigen
Arschloch, als Remix Version, halb Berlin, das
Schloss Sanssouci und Anteile an einer
Parade, welche mit LKW´s stattfand,
bescherte.
„Nun Sir Sweeney O´Shea" erklang es von
jedem Luft und Staubmolekül, der
Sub-O-phonetic gesteuerten Äther
Klangkörper. So glasklar und so
durchdringend, das es sogar den Sweeney
erreichte, der aber trotzdem nicht zuhörte,
weil er einen imaginären Crossfader, dazu
bewegte von einer der beiden kreisenden
Scheiben auf eine andere, wie er es nannte zu
mixen. Er kreierte einen „Übergang" der ihm
so gut gelang und gefiel, dass er in einer
imaginären Menge badete, die ihn feierte.
„Sir Sweeney", setzte diese kristalline Stimme,
mit mächtigem Bass unterlegt, einem Timbre,
das man dem schmächtigen Kerlchen nie
zugetraut hätte, erneut an „Nun ist alles
gesagt und alles getan was für Deine Reise
und für Deine Aufgabe wichtig ist"
Der Lektor sprach es aus und wie von alleine
stand er von seinem Schreibtisch auf. Dabei

gleitend als würde er keinen Muskel benötigen, wechselte er vom sitzen ins stehen, schaute dem Sweeney tief in die Augen. Ein Blick der jedes Hirn innerhalb Bruchteilen von 100stel Sekunden, die man in dieser Zeit aber nicht messen konnte, frittiert, geliert und dann durch die Nase austreibt. Doch seid unbesorgt, um unseren Helden müssen wir uns von daher keine Sorgen machen und so passierte dies nicht.
Die schwarze Luft hinter dem Lektor wurde um Nuancen heller und plastisch und plötzlich waren Bilder zu sehen. Zuerst formte sich eine Art Gitterraster mit Farbtafeln und den Initialen BBC British Broadcast Company. Darauf und dann sah Sweeney sich selbst, aber da der junge Mann sich nie selbst gesehen hatte, erkannte er sich gar nicht, er fand nur merkwürdig, das wenn er den Arm hob es der „andere" ebenso tat. Es gefiel ihm, der Typ dort oben, war ihm sympathisch. Sweeney hampelte mit sich herum, während der Lektor den ganzen Plan wiederholte, und etliche Informationen hinzufügte, das alles manifestierte sich auf dem hinter ihm laufenden C-O-lor Depard HX 12000 mit Endtron High Definition Luminatix. Dieser war eine Art extrem fortschrittlicher Monitor, der Raummoleküle statisch auflädt. Diese umformt und dann wieder zurück in die Ausgangsform bringt,

nicht weil das irgend einen technischen Nutzen hätte, aber nur so konnte man diesen High End Preis erklären, den diese Bild und Tonanlage kostet. Man muss davon ausgehen, dass sie auf den Cent genau unglaublich teuer ist, aber nur an 20% Tagen, an denen Tiernahrung ausgeschlossen davon ist, ansonsten schlicht nicht bezahlbar.
Auf diesem endoplasmatischen Ultra Fat Screen, konnte Sweeney einmal grafisch alle Details sehen, sämtliche Stationen und Hindernisse die auf ihn warten. Auch wurden mögliche Gefahren spielerisch in Szene gesetzt und hätten mit der Figur vom O´Shea zusammen agieren sollen, aber der hampelte nur herum und betrachtete sich fasziniert selbst, statt sich auf die Erklärung zu konzentrieren.
Der Lektor indes schien über dem Boden zu schweben, er hatte die Arme überkreuz und stand steif in der Luft, sein Gehrock flatterte und es ist zu vermuten, dass dies der Dramatik wegen geschah. Die aber wirkungslos verpuffte, weil Sweeney gar nicht hinsah.

Ein gewaltiges Fuuuump, lies alle Äonen in diesem unendlichen, unwahrscheinlichen Raum erstarren. Das Bild flirrte kurz und rieselte dann zu Boden beziehungsweise das, was man dafür halten sollte. Den tatsächlich

hatte dieser Raum weder eine Decke oder einen Grund, nur unglaubliche und unendliche Düsterniss, was in dieser Erzählung ja wahrlich glaubhaft und mehrfach erwähnt wurde, wie ich meinen will.
Der Lektor schwebte noch immer dramatisch und ich überlege, ob ich jetzt erzählen soll, das aus den unglaublichen Schallgebern, Lautsprecher sind das ja nicht annähernd, also sprach Zarathustra, erklingen soll. Aber lass es lieber, da ich die Phantasie und Vorstellungskraft meiner geneigten Leser oder Zuhörer, nicht überstrapazieren möchte. Wie er da so dramatisch wirkend, den Sweeney mit seinem Blick fixierte. Bemerkte nur der aufmerksamste Zuschauer, wie ein leichtes Resignieren sich in den finstren, strengen Blick mischte und ein unscheinbares Schulterzucken, deutete, an das der Lektor jede Hoffnung fahren lies. Er tat es indem er zu sich selbst sprach, was der willige Leser sich längst, ebenfalls schon gedacht hat

„Was für ein DEPP"!

„Nun Sweeney" sprach er erneut durch die zellulären Membranen, allen biologischen und nicht organischen Moleküle „wieso ausgerechnet Du auf diese Mission geschickt wirst, kann ich mir nicht im Ansatz erklären.

Der große Konstrukteur, wird schon wissen, warum er Dich Flaschenpost losschickt.
Der Schatz ist nicht alles, was Du suchen sollst, den kannst Du und die Deinen behalten, aber dort befindet sich etwas, wertvolleres, existentielles Unglaubliches, das Du hierher bringen sollst.
Denn alles was Du hier siehst oder zu sehen glaubst, absolut alles Existierende, hängt davon ab, das DU es hierher an diesen Ort bringst, und zwar schon bald. Den es beginnt gerade alles, allmählich aus den Fugen zu geraten, siehst du diese Dunkelheit diese viele schwarze Materie?"

„Ja klar" log Sweeney, der nur halb zugehört hat und damit beschäftigt war, die Übertragung, die sein Bild in die Faltmatrix projizierte, erneut zu starten.
„Diese Materie ist überall instabil und wenn sie kollabiert, ach hat doch eh keinen Zweck, vor mir steht ein Depp"
Die Person des Lektors begann langsam nach achtern zu entschweben, es sah aus, als würde er auf Rollen stehen und von weit dahinter würde ihn jemand zu sich heranziehen. Nur wäre das unglaublich entfernt von hinten, den dieser Raum war ja unendlich.
„Gehe nun dahin Sir Sweeney O´Shea" sprachs und in seiner Hand materialisierte sich ein Gehstock. Mit diesem deutete der

Lektor auf den SoS, drehte den Stock dann um seine Achse, was ihn daraufhin ebenfalls um seine Achse kreisen lies und ohne sich zu bewegen, entschwand der Lektor. Der dunkle, unendliche Raum um o´Shea, begann sich aufzulösen, eine letzte Kaskade reinster Töne und Klänge streichelte sein Ohr und dann stand Sweeney wieder vor der Gartenlaube, in diesem riesigen Garten. Und er freute sich darüber, dass er sich eben selbst kennen gelernt hatte und wünschte sich, mehr Zeit mit sich seinem Ebenbild gehabt zu haben. Den ihm dem Sweeney O´Shea dämmerte, das er es nur sein konnte, der da vor ihm in der unendlichen Schwärze erschienen war. Der aufgeschlossene Leser, vor allem der Aufmerksame wird sich fragen, wie ich der Erzähler aus dem Dilemma zu kommen gedenke. Das O´Shea alles aber absolut alles, nicht mit + hat, was ihm der Lektor mündlich, und grafisch sowie holistisch zu erklären versuchte.
Sweeney mit dem gelinde gesagt Aufmerksamkeits- Defizit, hat überhaupt keinen Schimmer, er weiß wie immer nur extrem viel über gar nichts.
Ich gedenke da gar nicht heraus zu kommen, den ich erzähle ja nur die Geschichte, wie sie ist wahrheitsgemäß. Ich bin zu keiner Sekunde, je auf den Gedanken gekommen, den werten Leser anzulügen, an der Nase

herum zu führen oder ihm glauben zu machen, Sweeney sei ein echter Held, wozu? O´Shea ist 100% selbst schuld, im Grunde kann die Geschichte hier enden, weil es fehlen so viele Seiten für ein Buch aber die Story gibt ab sofort nichts mehr her.
Ein Held vor dem Abenteuer seines Lebens und er hat keinen Schimmer, was er tun soll. Leider beabsichtige ich mit dem Erlös dieser Erzählung, teile der mecklenburgischen Schweiz, sowie den einen oder anderen Vorort von Rostock zu erwerben. Im übrigen habe ich mich erkundigt, bei der Stimme, die mir diese Geschichte einflüstert. Es wird später so richtig schräg, mit Robotern, Biegeeinheiten und komischen Typen.
Auf jeden Fall geht es weiter, mit diesem Trottel als Held. Und irgendwie bin ich selbst gespannt, also schreibe ich weiter, das wird sich schon klären, es folgen ja weitere Bände die Festung der Huren, auf Biegen und Brechen und die Druideninsel, erst mal.

Der SoS wird die Suche fortsetzen und wenn ich in diesem Moment nicht mal weiß, ob die Flasche jemals in der Festung der Huren ankommt, so weiß ich aber, das O´Shea sich mit Whisky und Soda auf den Weg machen wird.
Das heißt, während ich hier erzähle, bepackt Sweeney in diesem Augenblick sein Packpferd

mit Proviant und sein Reitpferd mit sich selbst, aber das könnt ihr ja nicht wissen. Denn ihr seht den O´Shea ja nicht, den Anblick den Sweeney bietet bei dem Versuch, ein Pferd zu besteigen. Das Drama jenes Ross dann in Bewegung zu versetzen, erspare ich euch und schließe dieses Kapitel mit den Worten, er sitzt richtig herum, wenn nicht von Anfang an und reitet los.

10. Svenney auf dem Weg zur Hurenfestung

Sweeney seid Ewigkeiten unterwegs, im Dienste der Bernadette so wunderschön und gefährlich, welche das Unternehmen finanziert hat. Jenes das o´Shea zur Hurenfestung führen soll, gammelte in die Grafschaft Limmerick und dies per pedes, weil Whisky sein treues Packpferd den Vorderlauf so widrig vertrat, das ein Bruch die Folge war. Soda sein weißes Stutentier, das unermüdlich Meile und Meile ihre Knochen zwischen seinen Beinen durchgeschüttelt hatte, während Sweeney sich fragte, wieso der Adel einen solch noblen Sport wie das Reiten so ausgiebig pflegte.
Zum einen sinnierte er, müssen die feinen Herren und Damen sich um nichts kümmern und am Zielort erwartet sie jeweils eine Dienerschaft, die alles für die Rast bereitet und das Ross mit Zuwendung beschenkt. Er, müde von des Tages Ritt, sein Lager aber selbst zu richten hat und der „Fast" Tag täglich, da Nahrung im wilden Irland dieser Zeit in keinem Supermarkt, die gab es erst später, zu finden war, sondern nur im Tausch

gegen Geld, Gold oder anderen Gaben, zu erwerben waren.
Sweeney dachte kurz nach, etwas länger und substanziierter und gab sich dann die Antwort auf seine Frage, wann gab ich den letzten Penny, der 10 Irischen Pfund, im Tausch gegen eine Köstlichkeit und was war es? Stew der Einheimischen Eintopf, ein Fraß der Haare auf der Brust wachsen lies und der dafür bekannt war das, dass was in den Menschen hineingelangte, schlimmer war, als das was den Körper wieder verließ. Außerdem ein irisches Bier, ein Smithwicks das auf dem Kontinent unter Killkenny bekannt wurde. Eine Mischung aus grottigen Apfel Cider und einer Bierart für die man in Germanien, mit allen Extremitäten, zwischen 4 Rösser gespannt wurde. Woraufhin vier Helfer den Rappen einen Klaps auf den Hintern gaben, die dann in 4 Himmelsrichtungen davonstoben. Was den Gelenken und Sehnen, des Delinquenten in der Art zum Nachteil gereichte, als das sie rissen und größten teils in die Richtung des Pferdes mit entschwanden.
Übrig blieb dann nur, ein handlungsunfähiger Balg mit einem Kopf daran, der sich nur durch Spucken zu Wehr setzen konnte. Whisky das Packpferd im Leiden erlöst, wurde teilweise zu Proviant und wer glaubt, das man Pferd doch nicht essen kann, der hat

keinen schottischen Haggis probiert und kennt die englische Küche nicht. Diese „Kochkunst" die genau dazu führte, das England eine Kolonialmacht wurde, den viele Seeleute so wird berichtet, sind nur deswegen in die unbekannte Ferne, z.B Indiens und Burma ausgezogen, damit sie mal was Leckeres auf dem Zahn hatte. Wer einmal zu einem Plumpudding eingeladen wurde oder eine Gans mit Minzsoße überlebt hat, weiß, wovon ich spreche.

Doch was ist mit Soda?

Das einst so stolze, wie weiße Reittier vom Sweeney, ein Schimmel wie aus dem Bilderbuch war die lange Gefährtin des Whiskys und des Verlustes ihres geliebten so gram. Das Sie sich erst gar nicht und dann schmerzlich widersetzend von ihm trennen konnte.

Das ahnen, dass in ihren Packtaschen, die vorher Whisky schleppte, teile des stolzen Hengstes in Ölpapier gewickelt, fett triefend die Fliegen anzog, tröstete Soda nicht im Geringsten. Der Appetit wollte sich nicht mehr einstellen, obgleich die Wiesen um Limerick saftiger und grüner waren, als alle anderen Weiden im irischen Land.

Der Mangel an Willen und Nahrungsaufnahme, schwächte die arme Soda tag und täglich und sie konnte O´Shea nicht länger tragen.

Das treue Pferd, bis zu letzt.
Da Huftiere von Natur aus ein langes Gesicht haben, fiel dem Reiter dies erst nicht auf … wenn er abends an der Keule von Whisky nagte, die er sorgfältig über einem offenen Feuer grillte.
Das Leiden der Soda muss hier nicht weiter beschrieben werden, da der Erzähler, tote Tiere zu traurig findet. Aber es ward so und Sweeney musste zu Fuß weitergehen, was er die letzten 3 Tage ausgiebig üben konnte, da Soda ihn ohnehin nicht mehr trug.
Da stand er, in der Grafschaft Limerick, ohne Ross keine Verpflegung, nur mit einem Bündel des nötigsten und dem Hinweis des Barden, dafür bis zum Knöchel im himmlischen Lös stehend, von Rehkleinkot oder einem würzigen Kuhfladen.
Aussichtslos war die Lage dennoch nicht, den die Stelle, an der er aus dem Wald getreten war, den er eine ganze Woche durchquerte, lag auf einer Anhöhe. So konnte er den Blick über das mossfarbene Tal nach vorne schweifen lassen, was eine nette Aussicht ergab, es war irischer Frühling und die Wiesen Grün und feucht und es war hügelig.
Das im Westen, im Süden und im Norden,

nur nicht hinter ihm, den da war er ja eben aus dem Tann entkommen.
Der Wald erinnerte sich Sweeney gruselnd, Trolle die da lebten Kobolde und Otterngezücht, garstiges Gewürm, mit dem er sich Nacht für Nacht, herumschlagen musste. Glücklicherweise nur spät, nach kräftigen Schlucken des Poteen
(irischer schwarzgebrannter Whysky) der eher ein Vodka war, da meist aus Kartoffeln gebrannt. Indem manch launiges Kraut von Druidenhand gepflückt, mit in die Steingutflasche eingebracht hatte ....
begannen die Wesen der Nacht ihren Weg zu ihm zu finden und bedachten ihn mit allerlei Schabernack.
Sie raubten ihm die Ruhe des Schlafes und doch zum Morgengrauen, wenn Sweeney den fetten Kater zu kraulen begann, der in seinem Schädel zu wohnen schien, verschwanden diese Wesen, genau so wie sie gekommen waren.
Die Landschaft die sich vor ihm auftat, würden wir heute da unsereiner diese Geschichte erfahren, mit der Kerrygold Reklame gleichtun, die so streichzart und doch frisch aus dem Kühlschrank, dank des Tropfens Öl´s....kommt.
Für Sweeney der tagelang nur Bäume, Schlingkraut und Giftefeu zu sehen bekam und immer und immer wieder, an einem

Felsen vorbeikam, der wie ein sitzender alter Bauer mit einem Sack Steckrüben aussah. Was zum einen daran lag, das er im Kreis geritten und später gelaufen war und zum anderen, es sich tatsächlich um einen sitzenden alten Bauern handelte, der einen Sack Steckrüben neben sich stehen, hatte. So war der Anblick der unendlichen Wiesen, Hügeln und wieder Gräsern, doch deprimierend, ein Umstand, den Irland seine Kunst verdankt, eben berühmte MALT´s zu brennen nach deren Genuss der traurige Steinbrocken mit Wiesen, namens Irland wieder halbwegs attraktiv rüberkommt. Schottland hat seine Fertigkeiten im Destillieren dem gleichen Umstand zu verdanken, die Landschaft dort ist auf die selbige Art, extrem beruhigend. Dauerregen der als Nieselregen (mildes Depressivuum)fällt, lässt den Fuß ebenso schön einsumpfen wie in Irland.
Dies ist mein Land, die Heimat der O´Shea´s sprach es und setzte wieder einen Fuß vor den anderen. Eigentlich war der Wald gar nicht so groß, stellte Sweeney fest, als er tat, was Wanderer und reisende tunlichst vermeiden, er blickte kurz zurück. Eher war es ein Wäldchen, das er tagelang durchmessen hatte, er wollte sich darüber Ärgern, aber noch ging es ihm in dieser Periode seiner Reise recht gut. Wenn man

davon absah, das sein stolzer Hengst und die
weiße Stute und sein Proviant .... Reisen heißt
aber Opfer bringen, dahin waren, er beschloss
sich nie mehr um zu drehen und
zurückzuschauen.
Aber genau das hätte Sweeney tun sollen!
Es war am späten Nachmittag, überall
geknittiche und Paarungslaute, der Vögel und
unteren Tierarten. Eines schönen
Sonnentages, was ich deswegen erwähne, weil
solche in Irland wahrlich etwas Besonderes
sind. Von den Einheimischen gefürchtet, den
an Tagen wie diesen bekommt ihre vom
Whisky gesetzte Realität, wie die Welt
aussehen würde ohne Regen und Nebel,
immer Risse.
Wie er da spaziert forschen Schrittes und
frohgemut, vor allem seit einem Tag
nüchtern, was dazu führte, dass er im Wald
mal 1 Stunde geradeaus lief. An dem Felsen
der wie ein Bauer aussah, sitzend mit Sack,
vorbei und endlich dort hinausfand .... da
stellten sich ihm die Nackenhaare. Ein
Zeichen, den das passierte dann, wann immer
sein Instinkt anschlug, ihm etwas mitteilen
wollte, ihn warnen oder, wenn er das Fräulein
Elisabeth sah. Daheim in dem kleinen Dorf,
indem die O´Sheas ihr Anwesen hatten. Die
„Lissy" war so hässlich, das ihre einzige
Aufgabe darin bestand, morgens die Eier in
der Dorfschänke ab zu schrecken, indem sie

einfach den Topfdeckel anhob und in das siedende Wasser mit eben diesen Eiern linste.

Elisabeth war die Tochter des Gärtners, der eine große Gärtnerei hatte, in der er die wunderschönsten Rosen züchtete, aber auch den Rhododendron für den Adel und gemeine Petunien und allerlei anderes Geblühe.
Doch seid seine Tochter das Licht der Welt erblickte und bei deren Anblick die Hebamme sofort erblindete, liefen die Geschäfte immer weniger gut. Die Rosen verdarben, der Rhododendron verholzte oder entwurzelte sich selbst, wann immer die kleine Lissybeth bei den Beeten spielte.
Sweeney tat die Tochter des Gärtners leid, was nicht bedeutete, dass er den Mageninhalt bei sich behalten konnte, wenn die junge Magd ihn ansah. Elisabeth schielte, sie Silberblickte so gotterbärmlich, das arme Ding, welchen Hass musste die Natur haben, ein Mägdlein fein, so zu verunstalten. Dieses schielen, wenn die Kleine Elisabeth weinte, liefen ihr die Tränen den Rücken runter, so weit standen die Blickachsen voneinander.
Später als Eheweib war das praktisch, dieser Hausfrauenblick, links nach der Wäsche, rechts zu den Klammern.
Aber um Hausfrau zu werden, fehlte der passende Freier und so blenden wir wieder zu

Sweeney, dem sich die Nackenhaare stellten. Er spürte etwas, da war was ….. Angst ein Gefühl, wühlte sich in seine Eingeweide, zog sie zusammen, schnürte sie und lähmte ihn. Aber erst frisch geschworen, nie mehr eines Blickes achtern zu verschwenden, stapfte er weiter . Da überkam es ihn, zuerst als Geräusch, ein sirren und flirren, das zu einem Flattern anschwoll und näher kam, dann sah er erst über sich sogleich vor sich einen Schatten. Die Luft kühlte ab, den die Sonne schien sich zu verdunkeln und dann war es über ihn weg und gleichzeitig schlug etwas auf sein ledernes Wams, gegürtet mit feinen Schnallen aus Silber und von zarter Maidenhand bestickt. Sweeney sah die Gefahr fliegend entfleuchen und doch fühlte er sich beschissen wie selten zuvor, er Schaute auf sein Wams und es ward so. Der Greif, der ihn überflog, machte eine elegante Schleife, setzte zu einem Steilflug an. Gleich darauf wendete er auf den Rücken und vollendete den Looping, um zu sehen, warum das Männlein da auf Erden so fluchte, erkannte es nicht und setzte zu einem dramatischen Landeanflug an.
Der Greif konnte sprechen, das war das Erste, was Sweeney an Merkwürdigkeiten an dem Vogel aufgefallen war. „Siehst beschissen aus" sprach der Raubvogel.

Gott zum Gruße edler Schildherr vom
O´Shea, wenn ich nicht irre.
Sweeney dachte bei sich, wenn das nicht irre
ist, bin ich keine Ire..... und setzte an zu
fragen, woher der Geier aus dem
Wunderland, den seinen Namen wusste, es
gab kein Google.

Doch die Kissenfüllung, Greife haben feinste
Daunen und in Limerick werden die besten
aller Linnen mit Greifendaunen gefüllt und an
den Hof geliefert .... sprach erneut,.... O`Shea,
ich wurde geschickt, um den rechten Weg zu
weisen, mir scheint, ihr habt nicht mal einen
Kompass, keinen Plan. Von der Ahnung nur
bescheiden benetzt, seid ihr der Tage viele,
nur im Kreis gelatscht und jetzt, in dieser
beschissenen Lage (der Greif grinste sein
schrecklichstes Grinsen) sehe ich euch schon
wieder einher tölpeln und des Weges Ziel
verfehlen.

Sweeney ein ganzer O´Shea immer Herr der
Lage erwiderte forsch, „äääh Häää"??
Watt?
Der Greif öffnete die Schwingen, nebenbei
und formte mit den Flügelenden einen
Zeigefinger, nach dort hin wirst Du Deinen
Kadaver sofort entheben. Folge dem Pfad, der
wird zu einem Weg führen, halte er sich
immer rechts, gehe dann geradeaus und Du

wirst an eine Straße kommen. Dort bleibe rechten Wegs, aber nur ein kurzes Stück, sonst gehst Du ja wieder im Kreise.

Der Greif

Ich suche ja den Kreis Limerick, Sweeney sprach es, doch der imposante Vogel hob mahnend den Flügel, nur ein kleines Stück, den da wirst Du an eben dieser Straße einen Hinweis sehen, ihn zu erkennen, wird Deine nächste Aufgabe.
Deutest Du ihn, wirst Du belohnt und findest den Ort deiner Begierde ohne Umweg.

„Wie" ..... „So sag mir, wie sieht der Hinweis aus, nach was halte ich Ausschau?
Der klügste Sohn deines Vaters bist Du nicht, wonach hält man an einer Straße „Tour de Horizon", wenn man auf Reisen ist und erfahren möchte, in welche Richtung man zu gehen hat, sofern man fremd ist?

„Sag es mir, sag es mir doch" bettelte Sweeney zu dem Vogel, der die Augen theatralisch verdrehte.
Ein Schild Du Depp .... einen Wegweiser, lesen wirst du doch können, als Sohn vieledler Lehnsherren??

Sprachs und öffnete die Schwingen, erhob sich und flog davon.

O´Shea tat wie ihm geheißen und machte sich auf den Weg. Er folgte dem Pfad, bog rechter Hand ab, fand den Weg, den er entlangging, bis er eine Straße kreuzte und dort wandte er sich rechter Dinge zu und erblickte redlich, ein Schild, an einer Kreuzung!

Duun Bleisce Donn des irischen gut mächtig der Festung der Huren lass er, was sich gut traf. Den ward der Hinweis auf dem Schwert, wäre seine Information nicht jene, das eine Hure vom Barden einen Ring als Pfand einbehalten hat. Welcher dann den nächsten Hinweis gab und gleichzeitig ein Schlüssel ist, für ein unbekanntes Schloss in den er passte, das verbarg, was dahinter lag und Sweeney O´Shea näher an den Schatz bringen sollte, nein würde!???

Lächelnd scherte er in die Richtung, schritt weit aus und pfiff eine Melodie die Paul Mac Cartney später, als we all life in a Yellow Submarine veröffentlichte. Von dessen Tantiemen er sich Sussex Süd Essex und weite Teile von Kent kaufen konnte.
Etliche andere Sachen, nützliche sowie die er nur haben wollte.

11 Dun Bleisce Doon, die Festung der Huren

Derweilen in Dun Bleisce Doon die Festung der Huren.
Dunkel war es rings um ihn herum, der Schädel hämmerte. Musik, Geige, Flöte Gott weis was, säuselte von weiter Ferne, eine schöne Melodie die Paul Mac Cartney später als hey Jude, so viele Tantiemen einbringen würde. So das er das Westend Londons, die Docks, Teile von Wales und den Rest von Kent kaufen konnte. Aber alles fühlte sich so unwirklich an, das jucken am Gemächte, der Schmerz tief im Kopf, das was in seinem Mund, Herr lass es einen Priem Kautabak sein, sich festgesetzt hatte und irgendwie, ward ihm dusselig!
Sir Roland von Edinburgh erwachte aus dem Dunst, dem süßen Nebel der ihn die letzten vielen Stunden oder waren es Tage, umgab. Der Dampf, der dem Mohnsaft entstiegen war, der als harter Klumpen dunkelbraun fast schwarz. Dafür klebrig wie die Möse einer nubischen Wanderhure, mit einem Stück Holzkohle in einer Pfeife, steif wie eine Oboe und ebenso quäkend, in Brand gesetzt, vom Baader gereicht wurde.

Der Baader, später in der Geschichte gab es
eine terroristische Vereinigung, in
Germanien. Das da schon Deutschland hieß,
aber ich stehe hier unter EID, nichts wirklich
gar nichts, mit der Bande der Baader Meinhof,
später die RAF genannt, zu tun hatte! Der
Baader war vielmehr ein Geselle, Mitglied
einer Zunft und eher mit einem Bademeister
zu vergleichen, in einem türkischen Bad, oder
HAMMAM.
Seine Aufgabe war es der Huren Leiber und
des Freiers Körper, zu erquicken, zu baden,
salben und allerlei wohlfeiles Gefühl in diesen
ihm anvertrauten, auszulösen.
Dazu gehörte die Massage, das kneten von
Rücken, Beinen, Armen, wie einen Brotteig
immer und immer wieder unter zu
Zuhilfenahme von Ölen und Essenzen. Laken
in Maulwurfsmilch getränkt, die nur in
Vollmondnächten dem weiblichen Wurf
entnommen und auf die Laken verbracht,
dienten dem Wohlbefinden der meist
damenhaften Gäste des Baaders. Indem er die
Leiber darin hüllte, eifrig Kräuter dazu tat
und das Bündel auf eine Bettstatt verbrachte,
auf das Ruhe einkehrte und der Stress aus
jenem Verband entwich.
Der Urururururur Enkel dieses Baaders,
arbeitet heute in einem Hotel in
Warnemünde. Er nennt sich Masseur und
arbeitet in einer Einrichtung, die man modern

SPA nennt. Der wesentliche Unterschied ist, dass man den Baader damals wie ein Stück Dreck behandelte, was ungemein ungerecht ist. Den sein Beruf war äußerst rein und hygienisch. Er verdiente wenig, eher schlecht und war auf Trinkgeld angewiesen, das er so nannte, weil es seine eigene Passion, den irischen Whisky befriedigte, dem er zugetan, der ja kostete, nicht gratis zu haben war.

Der Baader hatte aber in Anlehnung an das Berufsbild das wir heute Betreiber eines Coffeshops in Amsterdam nennen würden, den Auftrag, für süße Träume, Schlummerle zu sorgen. Er hatte Pfeifen zu füllen diese dem Gast, meist die männlichen, die Freier genannten, zu entzünden ein zu rauchen und das Mundstück der Pfeife darzureichen.
Ich begann jetzt zweimal mit dem Anfang eines Satzes der Baader, bevor ich in Erklärungen abschweifte.
DER BAADER und hier greife ich wieder in die historisch einwandfrei überlieferte Geschichte ein, die somit nie niemals von mir selbst sein kann und jetzt ein dritter Versuch, der Baader stand genau hinter Sir Roland.
„Noch eine Flöte Sir?" Er meinte damit eine weitere Traumpfeife mit dem süßen Vergessen, der Reise durch den Nebel, der.

Beim Baader

alles so schön fluffig machte, den Schmerz,
dank seiner Anteile aus der gleichen Pflanze
dem roten Schlafmohn gewonnenen,
Morphine linderte, dem durch eine
Hafenhure der Bretagne beigebrachten Bonus,
eines Trippers, im Krankheitsbild meist
schmerzhaft verlaufend.
Hebe er sich hinweg, dringende Geschäfte
erwarten mich, sprachs und eilte in die
Kammer mit dem Herz in der Tür, wo alsbald
übelste Flatulenz davon zeugten, wessen sich
der Schmock entledigte.
Derweil, einen Stock tiefer in einer der
Kammern, welche bewohnt von den Dirnen,
dem Zweck galten, dass männliche sich ihrer
Triebe hingaben.
Ich habe es kommen sehen, einer der
geflügelten Sätze, wenn der Wüstling, sich
dem Munde bediente und sogleich er den Saft
spürte, den Schaft aus dem Maule riss und
sein Ejakulat gen das Weibes Gesicht
schleuderte.
In der heutigen Pornoszene wird das
nüchtern als „der CUMSHOOT" umrissen,
was in einer Totalen endet. Das heißt die
Kamera leicht entgegen schwenkt aus der
Naheinstellung, wo eitrige Flüssigkeit mit der
Konsistenz Kalorien reduzierter Salatsoße.
(Das habe ich aus dem kleinen Arschloch
geklaut) langsam der Schwerkraft sich
beugend, den Gang abwärts antritt, um sich

als Rinnsal auf den schweren Brüsten zu sammeln. Dann weiter zum Nippel zu fließen, wo der schleimige Fluss sich stürzend auf die Vulva tropft, wo er im Schamhaar im Laufe der Zeit und je nach Hygienegelüste der Dirne langsam oxidiert.

Zurück zu der Nutte, die spanische Hafenhuren, nein nicht Lassmiranda den Sevillia, sondern Maria, einfach Maria, nicht einmal Maria Magdalena, dem gleichen Beruf gebunden, aber schon 1700 Jahre plus einiger Jahrzehnte vorher. Die Schlampe des Messias, heilige Hure, des Herrn seine Liebe, wie man sich bettet, so liegt man. Ja Christus starb am Kreuz, hängend, was dem geneigten Leser ebenso eine Warnung sein sollte, wie jedermann sonst, der im roten Licht wandelt. Maria so wunderschön, sie war schön, schlank wie ein Rhabarber Stängel, sich wiegend im Wind, Hüften deren Gebärfreudigkeit der Aufnahmefähigkeit in nichts nachstand und das Mieder erst, prall standen die Melonen zur Ernte bereit. Das schwarze Haar, das so glänzend war, das sogar ein Blauschimmer in der Sonne zu sehen war. Sonne die zwar selten schien im Irland dieser Zeit, aber so wahr ich hier sitze und die Erzählungen von damals aufschreibe. Es war so schwarz und glänzend und blauschimmernd, das jemand

der genau auf sowas abfährt, jetzt mit einer mächtigen Erektion dasitzt.
Konzentration, anscheinend gefallen mir schwarzhaarige Dirnen selber, wenn auch ich eine Aufrichtung niemals zugeben würde.
Liebe Maria, ich muss mich konzentrieren.

Geht nicht!

Überspringen wir die schwarzhaarige Maria und wenden uns der MAMA SAN zu.
Was ist eine Mama San? Ja heute würden wir bei Google finden ...

Der japanische oder eher Siamesische der Begriff Mama-san bezeichnet meistens eine mütterliche, geduldige Barfrau, die unermüdlich zuhören kann. Zu ihr kommen die müden Angestellten nach dem langen Arbeitstag und erholen sich bei Whisky und Bier. Die Mama-san schenkt ihnen aus ihren eigenen - mit Namen versehenen - Flaschen nach und serviert kleine Happen. Meist einmal im Monat kassiert die Mama-san die Zechen. Viele Unternehmen haben für diesen Zweck sogar eigene Konten eingerichtet.

Mama-san bezeichnet aber vor allem Frauen mit kontrollierenden Funktionen im Sexgewerbe.

In Siam ist eine Mama San, nur eine Puffmutter, mit allen Pflichten und Privilegien, sie verwaltet die Bar, teilt die

Mädchen ein und bemuttert sie, nutzt sie aus, den das Gewerbe ist hart.
Die Mama San, die höchste Hure im Hause ist, man ahnt es schon, eine Asiatin.
Eigentlich ist die Mama San, Zweipuffmütter, Song auf siamesisch (2) Mamasan´s und das stimmt.
Die Mamma San ist ein siamesischer Zwilling, an den Hüften verwachsen, teilen sich Wannaporn und Supaporn, ich weiß wie grotesk diese Namen klingen. Trotzdem sind sie echte traditionelle buddhistische Namen, die im heutigen Thailand damals Siam gerne vergeben wurden und mit dem, was wir mit der Endung Porn verbinden, gar nix zu tun haben.
Porn bedeutet in der siamesischen Mythologie! Wunsch des Buddha".
Ja was wissen wir uns schon, was ein Mönch aus Nepal sich wünscht, das gleiche eben, auch er ist nur ein Mann.

Die Mama San, war einst ein Star in Japan, geboren in Chiang Mai, Siam, eine Lanna, halb eine Mon deportiert aus einem Bordell an der Seidenstraße. Auf dem dem Weg wo die Salzkarawanen von Indien nach China zogen und das horizontale Gewerbe wegen der seidigen Haut der Siamesinnen und ihrer Hingabe an die Reisenden, seine Wurzeln hatte.

Die Wiege der Prostitution, der Norden
Siams, da wo Tachilek die Grenze des
Goldenen Dreiecks bildet, nach Burma, das
schon bald britischen Einfluss erfahren sollte.
Und der englischen Küche, was von der Sicht
der Burmesen gut ist, den genau das war ein
triftiger Grund sich gegen die Kolonialmacht
England zu widersetzen.
NO MINZ, war die Devise, der vom ewigen
Pfefferminz, in Soßen, in Puddings wie
Süßspeisen angeekelten Kolonialisierten.

Ich beginne zum dritten Mal mit,
„die Mama San" ja den diese stand an ihrer
Bartheke, der größten Bar in Dun Bleisce
Doon   die Festung der Huren, ihre Bar hieß
schlicht LOLAS Pinte.

Lolas Pinte, die Chefin(en) Mama San Supa
und Wannaporn, eine siamesische Zwillings
Missgeburt, an den Hüften verwachsen 2
Arme, 2 Köpfe, eine Möse und nein KEINE 3
Titten nur. Fast alles normal, bis auf die 2
Köpfe eben, betrat das Etablissement.

Totenstille... direkt beim Eintreten dieser
imposanten Erscheinung. Nur das Quietschen
einer angetrockneten Fotze, die sich zuvor zu
den Rhythmen, eines Songs, den Paul Mac
Cartney später mal als Penny Lane
komponierte. Dessen Tantiemen ihm

ermöglichten Wales, the Islands of Isle, Leicester, Birmingham, Cambridge, Leeds und den Rest von London zu kaufen, an einer Stange drehte, dem Quell des angetrockneten Fotzesounds, war zu vernehmen, wenn auch leiser werdend.

Die Mama trat ein, sie kam, sah und genau, siegte wie einst Cesar, aber wollte es gar nicht. Die stille gefiel ihr nicht, passte nicht zu dem Ort, der Sünde, der Völlerei, der Huren und dem süßlichen Duft des Mohnsaftes, dennoch sog sie die Angst, den Respekt, den ihre Erscheinung hervorrief. Sie genoss höchstes Ansehen und Achtung.... die Mama San. Einst der Star in japanischen Bordellen, da die beiden, die sich so eins sind, wohlhabenden Geschäftsleuten zugeführt wurden. Den was ist eine größere Ehre als einen siamesischen Zwilling, der dazu aus SIAM stammt, wenn Chiang Mai damals das Land der Lanna und Mon war, aber Siam zugetragen wurde, zu begatten?

Zwei Köpfe, zwei Seelen, nur eine Pumpe, was dumm ist, wenn eine von beiden dahin siecht. Die andere das gebrochene Herz, herrührend des Liebeskummers, in Irland broken Heart genannt, ebenfalls empfindet. Was Paul Mac Cartney zu einem Song inspirieren würde, der ihm zweifellos Coventry, Manchester, die Reste von Leeds und das komplette London zu kaufen ermöglichen würde.

Ihr nüchterner Blick, sie hatte, seid 2 Stunden nichts Festes gegessen, erfasste Yukomi Fuutzuuueng, eine ehemalige Geisha, man munkelt .... nein irgendwelchen Gerüchten geben wir keine Nahrung, deswegen die Fakten,
Yukomi Fuutzuuueng, Dirne aus Kyoto, verschleppt durch von durchgammelnden irischen Fischern, angeheuerten Häschern. Heute würde man Casting Crowd zu den Loosern sagen, die ihr Geld damit verdienen, die Frau zum Bauern zu führen, der in Landwirt sucht Schickse, den Rest seiner Würde verlieren wird. Sollten Monsanto Skandale aufgedeckt werden und tatsächlich eine Triene so blöd ist, ihre Koffer in die Tenne eines Landwirts zu stellen. Yukomi aber, stand da neben der Bar in ihrem KI MO NO.... ich erwähne es gerne, den es ist wahr und ich steh auf so etwas, der Kimono war aus feinster Seide. Schwarzer Naturseide, Ornamente aus Lotos und einem sitzenden Buddha, was zusammen passt, den zufällig ist der Lotos das Symbol Buddhas. Dies habe ich nur erwähnt, damit dem Autor, also mir eine gewisse, wenn bescheidene Kenntnis dessen attestiert wird, von dem ich hier schreibe, Dieser Kimono, war nicht sorgfältig verschlossen, er klaffte wie ein Kaftan auf und der Blick fiel auf die Brüste. Derer nicht 3 und nicht 1 sondern wie Zwillinge 2 neben und

beieinanderlagen, die dünne Seide spannten, trotzend der Oberweite. Sie konnte nicht verhindern, dass die Warzen, die wie Stahlstifte, welche die Marine in den Kiel trieb, um die Spannten mit dem Rumpf zu verbinden, haltbar zu vereinen, lüstern, provozierend emporragten. Währe der Kleiderbügel schon erfunden, welchen Spaß für den Galan, sein Hemd an eben diesen, dort auf zu hängen.
Yukomi die Sünde, Fleisch geworden und schon mit 14 scharf. Scharf wie ihr handgeschmiedetes Oshiri Schwert, das einst ein Mönch ihr übergab, mit den Worten, nimm das. Was Yukomi tat und es seidem bei ihr war und das sie trug, in einer speziellen Scheide. Weswegen man sie den stählernen Gaumen nannte, nicht weil Sie Chilli ohne zu röcheln schlucken konnte, sondern weil, sie es oral aufnehmen konnte, das Schwert. Aber es gab einen weiteren Trick, mit dem Sie Ihre Gegner verwirrte. Wenn Sie das Schwert aus der Scheide zog, wahrlich wie es dort hineingelangt ohne die Kriegerin zu verletzen, und dann so schnell gezogen werden konnte, aus der gleichen Rille, sie ihr Wasser abschlug, ein Phänomen.
Die personifizierte Sünde.
Wieso ich diese Schlampe so ausführlich erwähne, kann ich jetzt gar nicht mehr sagen. Sicher weil ich einen Hang zu Asiatinnen

habe, oder nicht, mit der Geschichte, die ich hier ausgegraben habe und erzähle, hat sie nichts zu tun, gar nichts. Ich garantiere nicht, dass sie später nicht nochmal auftaucht, aber wahrscheinlich tut sie es nicht. Wieso, weil sie einen Kimono trägt, was mir dem Erzähler gefällt?
Wir befinden uns in Irland, aber bisher nur williges Fleisch aus Asien ....

Weit gefehlt, Cloe eine gebürtige Irische, deren Eltern aber von dem Festland stammen und leider aus dem Land, das Oberschenkel und Unterschenkel, einer grüner Lurchart als Delikatesse abstempeln.

Sie ist Blond, blaue Augen ..... eher germanisch, aber nein sie ist Irisch mit Wurzeln aus der Bretagne, ein Hybrid, wenn man den Kontinent und vor allem Froooonkraisch, mit der Grünen Insel Tribut zollt.
Ist Cloe für die folgende Geschichte von Belang?
 Momentan sage ich mal nein, aber doch. ...... ich glaube nicht.

In einem Porno von Russ Meyers würde sie eine Rolle spielen, die Hauptrolle, 96 DDD tripple D ohne Silikon, das es im alten Irland

gar nicht gab, machte sie zu einem heimlichen Star in MAMA San´s Pinte!
Wir werden sehen.
Die Festung der Huren, das war der Name des gesamten Ortes, im übrigen bis heute in Irland genau so zu finden, womit ich mich mit meinem Namen verbürge. Dieser indes tut hier nichts zu Sache.
Aber so ist es.
Natürlich muss ich dem Film, der im Kopf abspult, ein bis mehrere Filter auflegen, den sicher darf man sich diesen Ort Dun Bleisce Doon, nicht als eine Burg, eine Mauer, einen Wall vorstellen. Eher eine Festung gemörtelt, grob behauen und Waffen strotzend, Kanonen die wie ein Phallus in den Himmel mit 90 Grad aus der Mauerritze starren. Zinnen die wie Tittchen oder Brüste geformt, auf den Wällen thronen .... Huren wie Amazonen, all überall auf den Mauern, Eros verteidigend und garstig wider jedes Eindringlings.
Nein, Dun Bleisce Doon, ist ein absolutes, ein armseliges, gotterbärmliches Dreckskaff und das dazu in Irland liegt. In Limerick, dem Südwesten von Sir Irish Moos, ach aber nein, dieses Rasierwasser wurde erst später bekannt, sicher wurde es schon benutzt, nur wenn interessiert es.
Dun Bleisce Doon, damals wie heute und früher, ein Loch. Hier und genau hier wurde

der Begriff, das Wort das geflügelte geprägt, „ich möchte hier nicht, TOT über dem Zaun hängen".
Ich persönlich, würde lebend weniger gerne über einem der Zäune dort aufbammeln, aber das ist nur meine Ansicht, bescheiden halt die eigene Meinung.
In Dun Bleisce Doon, regnete es öfters, als im Rest Irlands oder Englands und Wales, Nebel gab es im Durchschnitt mehr, als anderswo auf der Insel.
Recht clever von der Natur, die damit die dort lebenden Menschen nur Schützen will, den wer geht bei Sauwetter vor die Türe und innerhalb, der Wohneinheiten in Dun Bleisce Doon, war es gar nicht mal so übel.
Ausnahmen bestätigen die Regel, vielleicht komme ich später im Text, dieser garantiert historischen Überlieferung dazu, wahrscheinlich vergesse ich es aber wieder, den es gibt ja so vieles zu berichten.
Der Nebel hat die positive Eigenschaft, das ganze Elend einzuhüllen. Fotografen und in der Epoche soll schon manches Silbersalz auf Glasträgern zu einem Bild belichtet worden sein, was nicht stimmt, den Daguerre hatte diese Idee erst 1837, im 19 Säkulum.
Zumindest aber und so ward es überliefert die Camera obscura vom 11 Jahrhundert und Ende des 13 Jahrhundert zur Sternenbeobachtung eingesetzt worden.

Vor allem auf der Insel, in Greenwich gab es
Camera Obscuras in Raumgröße.
Wobei die Linse 1550 wiedererfunden wurde
und man schon Bilder auf Papier herstellen
konnte.
Ein wenig abgeschweift, die Bremse gezogen,
was ich dem geneigten Leser vermitteln
wollte, ist der Nebel gnädig, er hüllt jenes
extrem langweilig bis widerwärtige Nest sanft
ein und der Fotograf beschreibt dies mit dem
positiveren Wort MONOCHROM. Genau so
ist Dun Bleisce Doon, sterbenslangweilig.
Gäbe es da nicht, Gebäude mit sehenswerten
Innenseiten und pulsierenden Leben. Z.B
Lolas Pinte, aus denen, der dem Leser dieser
Zeilen geneigte Erzähler mehreres zu
berichten bereit war und sollte Sie das nicht
glauben so blättern sie einige Seiten zurück,
all das war dort und hat sich so wie berichtet,
zugetragen.
Was bisher unerwähnt blieb, wird sich in den
folgenden Seiten erschließen.
Lolas Pinte, lag am Dorfende, das Gebäude
rechtfertigte diese Lage, den es war hässlich
und obszön, alleine die Farbe, der Fassade
welche die Eigentümerin sicher, zum
Zahnbelag gewählt hatte, war graussselig.
Dazu bissen sich die Holz Intarsien, die
kunstvoll kitschig, an ein paar gespreizte

Beine erinnernden, Balken die den Türstock
bildeten. Diese Idee stammte von Cloe

Eine Klingel gab es nicht, den Edison hätte
schon im 18 Jahrhundert leben müssen, wären
seine sämtlichen Urgroßväter nicht so
schüchtern gewesen, hätten ihre Frauen
früher kennen gelernt und würden 2-3
Generationen überspringen können.
Hinein gelangte man trotzdem, den es gab
einen Klopfer. Ja man ahnt es schon,
Hurenfestung, es war ein Körbchen DDD, mit
heute würde man sagen einem
Nippelpiercing, dass man klopfend auf eine
Holzplatte schlagen musste, der Schall, der
frei wurde, weckte Gesinde, welches den
Einlass begehrenden einließ. So war das
damals.
Eingetreten war man rasch, aber weggetreten
schneller, den passte Deine Visage dem
Ostiarius oder dem Pförtner nicht, heute
nennen wir solche Figuren konkret Alder,
krasses Türsteher. Dann passierte es gerne,
dass sich etwas waaaaaaaahnsinnig schnell
von links näherte, was sich leicht als
Backpfeife herausstellte, nicht gefährlich, aber
ebenso schmerzhaft wie vermeidbar.
Schaffte man es, an diesem Ostiarius vorbei
zu kommen, und stand dann im Schankraum,
was er ja war, den gesoffen wurde dort
reichlich, in Fachkreisen nannte man es aber

den Animierbereich. Ich selbst finde den Begriff für dümmlich, den die Chefin und die erste Hure, beiden hießen gar nicht Ani oder Anim und der Bereich, war eh für alle da, von daher, nennen wir es die Schänke.

In dieser Schänke gab es Regeln.
Aber die Christen hatten 10 Gebote, eigentlich 13, nur Moses der Trottel, lies ja 3 Tafeln fallen, als er vom Berg stieg, hat zum Glück keiner gemerkt und die Christen hätten eher mehr, Verbote. So habt Freude Leute, Freude.

 Die erste Regel lautete,
Die Mama San hat das sagen.
    Die zweite Regel lautetet,
Hört auf die Mama San.
    Die dritte Regel lautete,
alles läuft, wendet sich und dreht sich um,
in und mit der Mama San,
    Regel Nummer 4 war eher so eine allgemeine Belehrung, der Mama San entsprechend.
    Regel 5 dagegen, war sehr speziell, die Irgendeinen Scheiß, der mit Mama San zu tun hatte.
Weitere Bestimmungen erörtere ich gerne auf Anfrage, aber sie sind Abhandlungen, was bei Verstößen der Regeln 1-5 so alles passiert.
Da reicht jetzt der Platz nicht, manche Angelegenheiten, die dort beschrieben

werden, appetitlich ist nicht das Wort der Wahl.
Im Schankraum passt von daher als Begriff besser als Animierbereich, weil dort wurde einem gerne mal eingeschenkt, und damit meine ich nicht in Krügen und Bechern.

Geprügelt wurde dort rund um die Uhr zu jeder Zeit der schwächste und aller Kraftloseste, war man nur schlapp, konnte man Glück haben, das keine Kapazität frei waren und man konnte in Ruhe saufen.
Brot und Spiele, die gab es ja im Rom. In Lolas Pinte gab es Suff und Scherereien, man hatte beim Eintritt ein Recht erhalten mit einer Garantie sogar belegt, das man Ärger erwarten könne und solchem zum Opfer fallen würde. Es gab genug für alle.
Jeder Gast, als der niemand aber auch gar keiner so behandelt wurde, war sich beim Eintritt bewusst, Rechte die er im Leben nicht hatte, dort niemals erhalten zu werden.
Darüber hinaus, sollte ein privilegierter eintreten, wären diese Perdü.
Perdü bedeutet nur dahin, klingt aber mächtig besser und Lesen bildet ja, Ihre Gesprächspartner werden begeistert sein, wenn Sie Perdü mal einfließen lassen, nebenbei, aber erwähnen Sie dieses Buch, dabei!

Einem der Triebe, den niedersten folgend,
wird der Blick gebannt, von erst mal gar
nichts. Tritt man ein in diese Kaschemme,
wider der Vernunft des menschlichen Seins,
nur stur aus gutem Grund. Ist in diesem
Drecksloch und ich rede nicht von dem der
Mama San, sondern dem Schankraum, dem
man einen vergleich mit dem unter der
Kittelschürze verborgenen Organ der Mama
San, nicht zumuten darf. Den verglichen mit
dem weiblichsten und heiligsten, ist sogar der
Schankraum, ein Hort der Hygiene .
Dunkel war es, allerlei verwuchs auf den
Balken. Seltene Farne, Schirmlinge und es
rankte von hier und da, welche Lebensform
der Fauna herrschte erfahren wir aber die
Flora, ohne Licht und Luft, wuchs.
Dort Leben, genährt vom Erbrochenen, dem
verschütteten, den Körpersäften und dem,
was zäher den Leib verließ, all das Sperma,
verschleudert, vergeudet, dass nie Leben
spenden sollte, hier eine neue Chance
bekommend, sich zu verbinden mit anderem
Auswurf. Den eins ist gewiss, eine der Regeln
die sechste oder siebente, besagt klar, NICHT
Wischen und wenn man den Laden so
betrachtet, die am härtest durchgesetzte
Regel.
Das Vorankommen ist schwer, der Fuß
sumpft ein. In Lachen aus Bier, dem Gesöff
und Gebräu, meist illegal gebrannt, dem

Schleim und Rotz, dem trief und wenn Liebe durch den Magen geht, hier wird nur knallharter Sex verkauft.

Was hier durch den Magen wandert, kommt oft schnell wieder heraus, bevor der Abort erreicht ist, von dem die meisten ohnehin flüchten, weil an Wänden, wie an Boden und Decken Dinge existieren, die kein Almanach je katalogisiert hat. Die aber dennoch da sind und von denen ich überzeugt bin, dass Oden und Hymnen, welche gedichtet wurden, von Lindwürmern und allerlei Ungemach, ihren Ursprung fanden, an diesen Wänden. Das Ungeheuer von Loch Ness, hab es gesehen, ich schwör im Pissoir, kleiner und umso konzentrierter.

Beleuchtet wird die Spelunke zum Schutz der Gäste dürftig, Fenster die es mal gab sind wie nennt man das wenn Schichten neuen Materials übereinander dicker und stärker wirken als die Balken links und rechts, die den Rahmen bilden? Verdreckt ?

In Gläsern flirrt der Glühwurm, in 100 Stück 100W oder 60 Stück für 60 W... nicht Watt, die eigentliche Einheit war ein gW ein glüh Wurm und sorgte für ein stimmungsvolles Licht. Romantik suchte hier niemand, diese Illumination, indem selbst die geädertste Nutte aussah, als wäre sie 16, eher 12, den die Dirnen in Lolas Pinte die schon.

16fach, den 16 Geburtstag begossen haben, sahen aus wie 45.
Hässliche Huren, die alles feilboten, was zu rammeln sie bereit waren, zu geben.
Körperöffnungen welche die Natur zum Sehen vorhielt, das Glasauge aus der Höhle gepolkt, es wurd gerne genommen. 4 Loch Huren waren sie genannt, es gab bräsige und es warteten Amputierte, es gab exotische und hässliche, es gab sogar extreme, aber feine, reine und junge, nur die waren weniger gefragt, als die Abart, das „spezielle".
Liese man den Blick über die Freier in spe schweifen, wunderte man sich kaum, da waren die kaputten, die zerstörten, die nichts habenden, die siechenden, frierenden, schwärenden, Eiter gebeult, Tripper zerfressen von Hepatitis geschlagen.
Der Bodensatz der Gesellschaft

Und der Eddi....

Eddi war der Lude, der Mama San, der Besitzer der Immobilie, ein Wiener uund äär röd im Winaaaa Schmääh, woas nööd jöööder verstööhd, a wenns er Irisch schwääädzt, dör Aggzääänd is Kwasi adapdiiierddd.
Kiss dii hoaaand gnäää frau, mei saaans ihra Lippa blauu, woas an Staaandaaaart Schbruch vom Eddie, wenn er mal wieder eins der

Flitscherl, wie er sie nannte, gemaßregelt hatte.

In Wien hatte er die Schnallen, alle in der Heizler Gasse anschaffen geschickt. Er war erfolgreich mit seinem Model der strengen Handkante. Die zeigte er jedem seiner Mooodäääls wie a sööö gnaaaant hood, weil Dirne so verrucht klang, wenn die Einnahmen die sie ihm ablieferten, nichts mit der Vorstellung zu tun hatte, was sie hätte abliefern sollen.

Eines Tages aber, machte der Eddi einen Fehler, und zwar den, dass er nicht glauben konnte das der Gendarm Eugen Rutlitschka, sich nicht bestechen lassen würde. Wie eben alle Kollegen vorher, was daran lag das Rutlitschka an Göööld, wie an Würfelzugger gehoobt hodd, er hod an Gölld wie Würfelzugger, du bist a Schlugger, war seine Devise, die er dem Eddi so mitteilte. Eddi verstand eine Menge Spaß und war äußerst umgänglich, nur genau an diesem Tag nicht, da fühlt er sich fad, nöd auffam Dammm, woaast...

ER hörte sich den Vortrag vom Rutlitscha an, kam nicht überein und dachte woaas soools, no dann bring ii ön hoald uuum.

Dies tat er ohne Umschweife, pikant, die Mordwaffe, war die Prothese der einbeinigen Hure von Linz, aber halt und

langsam, nicht etwa das überziehen der
Beinprothese über den Schädel, des
Rutlitschka, war des Ablebens stärkster
Freund. Nein, als döööaaa Eddi die
Brooodsöön obbagschnolld hooaad,   hoaad
sich döör Roook vom Flidscherl, dem

liderlichen, gehooobn.... döö Schlaambbbn, woas so Fett, wenns döö Strabsen auffizogn hood, s wor wie wööns a Giddarn stiimst.
Ja und da pfiff er dann der Straps, als die etwas füllige Oberschenkel in Wallung das Strumpfband spannte und dehnte und verzog. Bis der Punkt erreicht war, den man wissenschaftlich so umreist, ein durch Polymerisation gewonnener dehnbarer Stoff, kann so lang gezogen werden, also das freie Feld der Elektronen so weit gedehnt werden, bis, ... ich machs kurz. ... Bin eben aus meinem Erzählfluss gekommen, reißen oder bersten wäre die Kurzformel.
Ja der Straps pfeift, so nennt man das, ... und dieser pfiff ordentlich, den er durchschlug das rechte Auge Rutlitschkas. Dann wickelte er sich einmal um den Hypothalamus samt umgebendes Gewebe und zog sich genau dort, in die Ausgangsposition zurück. Was zu folge hatte, dass Rutlitschka sagen konnte, er hat seinen Tod kommen sehen, klar, und zwar durchs Auge, dem eigenen.
Eddi blieb nur die Flucht, den auf das Ableben von Gendarmen, wider der Natur herbeigeführt, stand der Kerker. So fleuchte der wüste Besitzer der Mordwaffe erst zu den Briten, dann nach Irland, wissend das Öststereich keinen Zugang zum Wasser hat. Den Bodensee ausgenommen, aber der ist

nicht internationales Gewässer, taugt für eine Invasion in der Schweiz oder Deutschland.
Jooooooaaaa döööör Eddddiiii, oan Schlaaawiiiner issa.
So redet man von ihm, von Wien, über St. Pölten, Linz nach Salzburg.
Die Geschichte vom Eddie, wie er vom Prater über das Steirische, zur Festung der Huren gelangte, der Mama San seine Aufwartung machte und vom Strietz,l der Haizlergasse, zum irischen Profiluden wurde, erzähle ich ein andermal.
Zurück in döaan Buuuff, mit dem Vorstand der Mama San und dem Betreuer der Mädels dem Ääddiee, dem ooalden Wappler.
Es war frühester Morgen, zu früh für das gehobene Management des horizontal Start Ups, um schon fit zu sein. Irgendeinen Gedanken und sei der auch noch so bösartig, festhalten zu können und darüber zu sinnieren, wie aus diesem Bedenken, eine Form von Kapital ein Vorteil zu schlagen sei.
Kurz, ...es war Viertel vor 4 PM, oder 15:45 für die Digitaljugend.

„Heute muss Dienstag sein", hörte man eine Stimme aus muffigen Timbre und einem Falsett aus Überspanntheit bestehend, sowie das breiige Schmatzen, das nur ein Porridge so verzerren konnte, das es sich anhörte, als schlurfe jemand mit Stiefeln durch die Suhle,

von Pinkie, dem Hausschwein, „ich komme mit Dienstagen einfach nicht zurecht", sendet es aus dem Off weiter.
Es folgte eine Folge von Pausen unterbrochen von einem eintönigen Schmatzen, Dienstag lamentierte es weiter, vom Teufel gemacht, um die Tüchtigen zu strafen, kauen, lamentieren, schmatzen.
Würde sich dem Schwätzer, jetzt nicht schon ein Stiefel nähern in der Absicht, dem Gesicht des da vor sich hin seibernden, eine Verunstaltung zu verpassen. Darauf bedacht, im Maul des störenden einen bleibenden Eindruck zu hinterlassen, mit dem arglistigen Wunsch, dieser möge verstummen. Würde der hier berichtende, welcher ich die Ehre zu haben scheine, diesen Monolog auf meine Art beenden, indem ich die Passage durch drücken der DEL Funktion lösche.
Der Stiefel fand sein Ziel, doch kraftlos ob der frühen Stunde ohne eine Tasse, des guten Tee´s welcher die Lebensgeister so manchen Morgen frisch belebt hatte, verfehlte dieser den Effekt, der Absicht in der er geworfen war.
Das Lamento erstarb, langsam wuchs ein beachtlicher Körper mit haarigen Bewuchs und Hautekzemen, die an eine Champignonzucht, bei anhaltender Dürre erinnern. Einer Nase der Offenporigkeit auf die Genusssüchtigkeit des Besitzers zu Recht

schließen lies, das dieser dem irischen
Goorg-O-Gorm Whisky wie dem Gin -O-Fizz
zugetan war. Der nach wenigen Schlucken
wirkte, wie ein in Brenneselblätter gehüllter
Ziegelstein, der direkt durch die offene
Schädeldecke, ins Gehirn getaucht wird und
zu unkontrollierbaren Glücksgefühlen,
gepaart mich Breichreizkontrolle, im Einklang
mit surrealen Wahrnehmungen führt. Ein
Zustand, den Goorm, so hieß der Besitzer des
eindrucksvollen Zinkens, zu gerne für sich
vereinnahmte und Zeit für diese
Beschäftigung erübrigte.
Meistens fing es harmlos an, er genehmigte
sich einen Gin -O -Fizz oder lieber den Goorg
- O- Gorm Whisky. Der aber nicht immer im
Vorrat der Mama San verfügbar war. Von der
Wirkung eher an mit Disteln, die in
Zitronenscheiben, zerstoßen wurden,
erinnerten, die über den Umweg des Rachens,
bis zum Hirnstamm geschoben werden und
mit vor und Zurückbewegungen, dem Putzen
gleich, dem Trinker Befriedigung schaffen.
Die Destille garantiert zu 100%, das jeder
noch so klare oder unangenehme Gedanke,
nach dem Genuss einer ordentlichen Portion,
des Tropfens edler Art Vergangenheit würde.
Der Kopf an welchen Entschlüssen auch
immer, für einige weitere Stunden gehindert
wäre, diese zu fassen, zu verstehen oder gar
zu verarbeiten.

Seinen Spitznamen Goorm, verdankte er diesem Trunk, den irische Volksstämme erfanden, um ursprünglich Schweine von Borsten zu befreien, was ein Bestandteil auf der Liste der Zutaten ist, welche diesem Brandt seine zersetzende Kraft spendet.
Auf den ersten Fusel folgte das warten, auf das der Trunk seine Wirkung zeige. Meistens, so die Überlegung des Gorm, vertraute er diesem ersten Drink nicht und so schüttet er einen zweiten hinterher. Damit dieser dem vorausgeeilten im Magen etwas Gesellschaft leisten könnte, wobei dieser seine Hemmung verlöre und den Alkohol in den Kreislauf abgeben würde, zu zweit würde das sicher Spaß machen.
Nach diesem Schritt, einen Abend und die kommende Nacht für sich angenehm zu gestalten, folgte meistens, ein Fizz. Das mal nachsehen solle, was die anderen Drinks da so treiben, gefolgt von einem weiterem, weil er den beiden Goorg-O-Gorm zutrauen würde, das diese den einzelnen Fizz ungnädig behandeln könnten, quasi als Verstärkung.
Das Vorhaben macht dann einen mächtigen Durst. Was gibt es da besseres als ein frisch am Nachbartisch ergattertes, wenn vom ursprünglichen Besitzer unter Flüchen eher entwendetes Ale, Porter oder drusisches Gerstenkorn Ensemble? Welches mit einer Malznote brilliert, die eine Konsistenz von

Irisch Moos Rasierschaum, als Blume auf das
Glas setzt .
Derart gestärkt und frisch durchblutet, setzt
Goorm dann seine Experimente fort. Indem er
je nach Bestandslager der Mama San´schen
Bar, weitere Humpen mit Hochprozentigen,
zu der Party, die anfängt in seinem Magen,
einen Anfang zu finden, hinzu zu senden.
Auf dem Höhepunkt der Partys in Goorm´s
innersten, ist der sonst garstige Goorm, noch
unausstehlicher. Vor allem für die
Tischnachbarn deren verschiedene leicht und
Schwerbiere unter Androhung eines
Fausthiebes, schnell von der Tischplatte, aus
den dort stehenden diversen Krügen ohne
weitere Umweges, z.B durch einen Humpen,
Pokal oder Trinkschädels direkt auf den
Dancefloor in Goorms Magen gepumpt
werden.
Die Nachbartische geben gerne. Den das
Verhältnis des Preises für einen Krug des
Bieres und derer 2, 3 und mehr, liegt weit
unter der Summe in Guinnies oder
Goldstücken, die für Zahnprothesen sowie
Glasaugen investiert werden müssten, wenn
man Goorm seine freundlich vorgebrachten
„Gib her Wicht, sonst knallts"nicht
entsprechen würde.
Goorm, war für den Eddie nützlich, so
beschützte er seinen Gönner, die Huren und
hatte andere Aufgaben. So z.B Knochen von

säumigen Freiern zu zerbersten oder Schuldnern. Welche den Zins und Zinseszins und den vom Eddi erfundenen Zinseszinseszins, der da obendrein nochmal draufkam, nicht zahlen konnte, dabei zu helfen über ihre Situation nach zu denken und Wege zu finden geforderte Gelder an Eddi zu übergeben. Goorm hatte enormen Erfolg, dank seiner Größe, die nicht nur bei den kleinen Iren beachtlich anzusehen war. Goorm dachte nicht nach, über den Schmerz, die Erlösung und des seins, des Werdens und nochmals des Leides, das er vor allem austeilte, aber einzustecken bereit war, fände sich ein ebenbürtiger Gegner.
Er war ja ein Säufer, ein gewalttätiger und somit zum Buddhisten per se schon nicht geeignet. Dieser noble Charakterzug verhalf Goorm seine Geschäfte ordentlich und zur vollsten Zufriedenheit für Eddi zu verrichten. Oft gab es für den Schläger einen gratis Bonus vom Chef, wenn er dem Schuldner statt einer Kniescheibe, beide zertrümmerte und der Rest der Beine, zum gehen nie wieder den Sinn finden würden.

Dies und das selbst Eddi den Goorm fürchtete, verbrachte diesen in die Position in Lolas Pinte, er selbst sein zu können, ohne irgendwelche Zwänge, wie zivilisiertes

Benehmen, Mitgefühl oder Reue zeigen zu müssen.
Einem Geschäftsmodell wie Lolas Pinte müssten aber an diesem Punkt, die zahlenden Gäste wegbleiben, die Freier und Gauckler, die Barden und Zocker, die Stecher und das Publikum eben, die sich von Goorm so belästigt fühlen.
Aber Lolas Pinte, der Mama San war eben etwas Besonderes und das in jeder Hinsicht. Nur dort bekamen alle, die diesen Ort aufsuchte, genau dass was sie suchten, brauchte und zu gerne haben wollten.
Diese Begehren waren vielseitig und verschieden und nicht nur erotischer Natur, wie man einem Hurenhaus nahelegen würde wollen, sondern doch durchaus vielfältiger.
Das Dart an sich, wird in jeder irischen Kneipe, dem Pub gespielt, aber in diesem brutalen Hort, kranker Phantasien spielte man eine Variante. Eine spezielle, die ich nicht ausführlich beschreiben werde, den als Zielscheibe dient der jeweilige Gegner, der nur in Lendenschurz als Zielvariable herhält. Variable deswegen, weil und das macht dieses Game of Thrones so heikel, er ausweichen darf, muss und soll.
In Lolas Pinte gibt es verschiedene Games of Dart und diverse Varianten dieser, beliebt ist das Dirnen Needle Pilow, das dahingehend dem wüsten Volk im Lolas Spaß macht. Da

das Ziel ist, den Pfeil auf den dargereichten Allerwertesten von Wamba, der Schrecklichen zu werfen, der ehemaligen Edelhure dieses Etablissements. Die aufgrund ihrer Leidenschaft zu Toffes und fettigen Gebäck aber vor allem den geliebten Prall Linnen, nein das ist schon richtig geschrieben. Diese Linnen haben nichts mit dem gewirkten Leinen zu tun, welche über Bettgestellen ihre Verwendung finden, sondern sind hochzuckerhaltige Konfektkörper. Die Sorte, welche mit Schokolade und Honig durchwirkt, zu etwa 400% Zucker bestehen, was zwar physikalisch gar nicht möglich ist. Wäre da nicht die Tatsache das diese Prall Linnen existieren und deren Dichte, eben 4-mal schwerer wiegt, als der Konfektkörper an Masse verdrängen würde, tät man diesen nach Archimedes in Wasser tauchen.

Tatsächlich ist dieses Konfekt von solcher Kompaktheit, das eben diese Schleckerei bis zum entdecken der schwarzen Löcher und ich rede von denen im Weltall, als das dichteste und schwerste Material galt, das es bis dahin gab.

Der Zusatz Prall vor den Linnen, bezeichnet den Zustand, in dem man sich nach dem Genuss von nur einem 10 tel, dieses Konfekts fühlt und außerdem, die Zukunft einer Feinschmeckerin, die diesen Versuchungen zu oft erliegt. Sie wird nicht nur Fett, sondern Prall.

Wamba, war nicht immer die Schreckliche, Früher war sie die zarte, wie Elfie von der zu berichten sein wird.

Doch nun war Wamba so fett, aber nur an ihrem Allerwertesten, dass Sie erst neulich vom Ochsenkarrenlenker Frodo über den Haufen Gefahren wurde. Dieser Argumentierte, wenn er seinen Ochsenkarren um das fette Weib gelenkt hätte, der Ochs vor Entkräftung gestorben wäre, ob des Umweges.

Das war kein guter Tag für die schlanken Beine, des unglücklichen Weibes, die abgenommen werden mussten, so das Wamba nach einstweiliger Genesung von der Amputation, auf diesem Podex hüpfend sich bewegt.

Ihrer Luxuskörper Einnahmequelle beraubt, verdingt die arme sich, indem Sie ihren Hüpfarsch, dem Gejohle der Mannen präsentiert, die denselben mit Ihren Pfeilen traktieren.

Natürlich spielt man in Lolas das ordinäre Dart, das aber ich nicht der Grund weswegen sich Nacht für Nacht, so zahlreiche Gäste dort einfinden und das trotz des Goorm, der alle nervt.

Da wären dann, die burleske Show,
schlüpfrige erotische Tanzdarbietungen, doch
ansehnlicher Frauen die in der Nähe zum
Pöbel auf einer Bühne stattfinden, Gesang
und Darbietungen kurzweiliger Art
gestalteten diese doch angenehm anzusehen.

Der Star aber war Elfie, die in einer anderen
Ecke der Schenke mit der besonderen Art,
ihren Platz hatte.
Elfie the Wisp, bedeutet das zarte Geschöpf.
Sie ist die Schwester von Will-O- the Wisp,
übersetzt das Irrlicht, was nur zur hälfte
stimmte, den Will-O war zwar komplett irre,
aber mit Sicherheit keine Leuchte und im
Licht betrachten sollte man diesen Will – O
ohnehin nicht.
Will-O und seine Schwester Elfi, haben als
Kinder immer gerne an den Stangen gespielt.
Zwischen denen ein Seil hing, zum Trocknen
der Wäsche von Aunt Beve, was übersetzt
Tante und Dame bedeutet, was Sie gar nicht
ist. Sie war schon die Schwester der Mutter,
der beiden Wrangen, aber eben keine Lady.
Zumindest nicht erfolgreich, den niemand
behandelte den Drachen als eine Frau, der
man gerne die Türe aufhielt, Aunt Beve
bekam sie meistens vor der Nase zu geknallt.

Ich erwähne das kindliche Spiel der beiden,
an eben diesen Wäschestangen nur, um selbst

eine Idee zu entwickeln, was ich über Elfi the Wisp zu berichten weiß.

Die Geschwister verloren ihre Mutter recht bald, nachdem der Vater mit einer durchreisenden Wanderhure, über die See nach Frankreich durchgebrannt war, wissend wo der Sparstrumpf von Bonny, so der Name der Mutter versteckt war. Bonny bedeutet aus dem Französischen entnommen, im Irisch, gälischen hübsch und verdammt nochmal, so wahr ich diese Geschichte erzähle, Bonny war verflucht attraktiv, sowas von hübsch, hässlich das einem das Herz schwer werden konnte und die Augen bluteten. Der Vater war ein Barde einer jener Gesellen, welche ihren Schmerz, ihren Gefühlskram und anderen Gedöns in Worten, als Ode, Ballade oder Folk, in Reimform mit Musik an weitere weitergeben konnten. Und er tat es, nachdem die Wanderhure dem Vater from the Wisps nämlich Will-O und Elfi, den Sparstrumpf ebenfalls entrissen hatte, um diesen mit einem weitaus attraktiveren Galan durchzubringen. Der außerdem andere Qualitäten hatte, die an fiktive 20 cm, Gemächteslänge des Gatten, mit echter Länge und Querschnitt punkten konnte, ja das war ein ganz anderer Phall.
Kurz Mr Boombastick hatte einen Mordsprügel und so ich versucht habe diese

Tatsache zu umschreiben, weil ich eher konservativ denke. Ich tue es für die Leserinnen und bin ja für Gleichberechtigung, wenn ich die Vorzüge der Dirnen ja schon etwas mehr als nur umreiße.
Der Galan der Wanderhure, hatte Bestes vorzuweisen, im Vergleich zum Vater der Wisps und die Sparsocke war im Besitz der Schnalle.
Traurig und einsam, ohne ein Nickel, oder einen Centime, saß der Barde am Ufer der See, die ihn von Bonny und den Kindern trennte. Er dachte nach und empfand etwas Reue und Schmerz, in dessen Herz, wenn er an Bonny dachte und so holte er die Klampfe aus seinem Sack und begann.

.... Er zupfte die Saiten, er drückte am Holm, der Laute und sang sein Lied:
„My Bonny is over the Ocean, my Bonny is over the Sea."
„My Bonny is over the Ocean" ist ein gemein freier, traditioneller schottischer Folksong, der erstmals 1882 von Charles E. Pratt als bring Back My Bonnie to Me veröffentlicht wurde. Das Stück wurde 1961 durch die Beatles weltweit populär und hat sich zu einem Evergreen entwickelt.

Worauf Paul Mac Cartney , von den Tantiemen sich den Rest von Essex Sussex,

London, die restlichen Teile von Kent, Wembley, Glasgow, Sheelds undLiverpool sicherte, von wo aus die Beatles ihren Siegeszug starteten. Aber davon wusste der Papa von Whill-O und Elfi, gar nichts, als er diesen Song voller Schmerz gegen die Wellen seines Liebeskummers um Bonny ansang.

Wüsste Paul Mc Cartney um all dieses, mit Sicherheit hätte er das Dorf Dun Bleisce Doon umgehend gekauft und die Grafschaft Limerick, zusammen mit Limmerick.

Derweil des Vaters Weisen, zu den Waisen über den Ozean schwebten. Die Mutter hatte sich aus Kummer und vor Sorgen und ob des Verlustes ihrer Ersparnisse und den daraus resultierenden Folgen. Die Geschwister nicht mehr nähren zu können und ansonsten, von jeglicher Versorgung abgeschnitten zu sein, mal in der Pause erhängt, klein Will-O und Elfie the Wisp spielten emsig an den Wäschestangen.
Das sah so aus, das Will-O daran hochkletterte und seine erwachende männliche Libido entdeckte. So wie wir Knaben es vom Turnunterricht bei Beginn der Pubertät, wenn die Kletterstange zwar den Erfolg verwehrte, nach oben zu klettern, aber in den unteren Regionen so komische Empfindungen wach wurden.

Bei Elfie sah das anders aus, grazil schlängelte sie sich um die Stange, schwang sich empor, zirkulierte kreisend auf und nieder, entfaltete die Beine. Dann sank sie wieder abwärts und spreizte so lieblich, dass es eine Freude war. Die drehte sich, verwand sich an der Stange und tänzelte, sprang die Strebe wieder an und rotierte, wendete sich, den Rock vergessend der auf und nieder und meist mehr freigebend als verhüllend, ihre Schenkel umspielte.
Manch hier lesender wird die Wallung, welche dem Will-O durch die Lenden schoss, diesem Anblick zuteilen und wer weiß schon wer recht hat, Stangengefühle oder Unkeuschheit der Schwester gegenüber.
Elfi brachte es aber zur Perfektion, schon in der Schulzeit präsentierte Sie ihr Talent, der gaffenden männlichen Menge, die Schaum vor den Lefzen hatte bei diesem Anblick.
Elfi hatte schon von klein auf diesen Sprachfehler, sie konnte keine S - Laute aussprechen. Und wann immer man sie unterbrach und sie wieder tanzen wollte, sagte Sie Lap Dance statt Lets Dance. Was sie eigentlich meinte und noch heute ist von Dallas bis Vegas, der Lap Dance der von kurvenreichen Schönen an den Stangen vollführt wird, berühmt.
Ja Geschichte kann bilden und so war es dann, so ist der Lapdance entstanden, vielleicht.

Sie, nur Sie war es, die Scharen an wilden,
raubeinigen, stinkenden...wenn auch
parfümiert, Säufern in die Lokalität der Mama
San zog.
Elfi, the Wisp, das Waldlicht weil Sie sich so
grazil, so lautlos und anmutig um die Stange
schlängeln konnte, wie es nur das Waldlicht
ebenfalls kann, nur um die Bäume, die Farne
umstreichend, sich im Tau brechend,
ihre erotische Darbietung, lies jedermann und
auch so manche Frau, den Goorm ertragen
und immer und wieder in die Hütte der
Mama San zurückkehren.
Ohne Sie hätte die Oberhure, längst
zugesperrt. Der Lude, wäre wieder zum
Kontinent hinüber, was in ähnlicher Manier
später passierte, der Eddie wurde IN-
Kontinent, aber nicht in dieser Geschichte,
die ich ja zuerst zu Ende erzählen werde.
So war das in dem Dorf Dun Bleisce Doon der
Hurenfestung, dessen Haupttraktion eben die
Pinte der Mama San war und ist, mit all ihren
Beteiligen.

Natürlich gab es einen Bürgermeister, eine
Polizei, eine Feuerwehr und den Dorfschmied
und Barbier, Mc Foolish. Praktischerweise
waren alle 5 Personen, der gleiche, nämlich
Mc Foolish, der aber auch Kämmerer und für
die Pflege, der Gemeindeanlagen zuständig
war. An Arbeit mangelte es nie, zumal er in

der Kirchengemeinde als Küster und Totengräber fungierte, nebenbei als Hausmeister, Anstreicher. Für die Suppenküche der Wohlfahrt hatte er ebenfalls Verantwortung übernommen, und zwar als Koch und in der Ausgabe der Zuwendungsstelle. Das Leben ist eben kurz, schlafen kannst Du nachts oder wenn Du tot bist, Foolish musste mit dem Ausruhen auf Zweites warten, den er war auch in der Nachtwache, als Hauptmann, Korporal und Gefreiter.

Mittlerweile nähert sich der Star dieser Überlieferung, für die ich bürge, Sweeney O´Shea der Festung der Huren, langsamer als erwartet, den allerlei Ablenkung wurde ihm geboten.

12. Die Leiden des jungen Aiden.

Aiden, in seinem Dorf verachtet und gehasst, da er nicht nur dumm, sondern dreist war, was ihn dummdreist machte, eine gefährliche Mischung, negativer Charakter Eigenschaften, gepaart mit unehrlich und triebhaft. Dafür aber im Wort charmant und für die Weiber gutaussehend, was sicher einer der Hauptgründe, für die folgende Zeremonie war.

Man verbrachte den zappelnden, um sich schlagenden, bockigen, unter den traurigen Blicken des anwesenden Weibsvolkes, zum Dorfausgang. So manche Grazie verdrückte ein bis unendliche Tränchen. Welches sich die vom harten Leben sonst so trockenen Äuglein extra hervorgekramt haben, um diese in einem passenden Augenblick zu vergießen. Und da liefen sie, kullerten, rannen ja reichlich, Agnes die wilde Witwe des Captain Burns, Rotz und Wasser würde es treffen, was da so die Bäckchen hinab rann, an Augenwasser.

Am Dorfrand angekommen, wobei Krautwick in der Grafschaft Limerick, doch eher ein

kleines Städtchen darstellte. Sicher kein hübsches dafür lag es am Meer, was es aber gar nicht besserte, weil aus welchen Gründen auch immer, das Gewässer der Stadtkasse Konkurrenz machte, beides kannte nahezu nur die Ebbe.
Warum, die Gezeiten in Krautwick sich nicht an dieselben hielten, wusste man nicht. Manche vermuteten, es läge daran, dass selbst der Mond, nachts mit der Stange hochgeschoben werden müsse. Andere glaubten, das Wasser flösse unterirdisch einige Meilen vor Krautwick ab, was eine gute Theorie war, da sie besser als die andere und vor allem logischer schien.
Einige behaupteten Wasser hätte ja einen guten Geschmack, wenn salzig und als solche reichlich mit Aroma gesegnet, hat es das Wasser nicht nötig, bis an den Strand von Krautwick zu schwappen.
Weswegen der Ort nie ein Magnet für die spätere Surferszene werden würde.
Tourismus in Krautwick war selten, zum einen, weil es keine Kreuzfahrten gab. Was gar nicht stimmte, den Kreuzzüge z.B wurden reichlich unternommen, diese aber an Krautwick vorbei. Meist in Länder, die nicht Christlich waren und deren Eingeborenen es aber werden sollten. Eine Wahl gab es meistens nicht, zum anderen gab es weder die Ochsenkarrenlinie und keinen Flixbus, dieser

wurde erst einige Jahrhunderte später in Dienst gestellt.
Heute aber, da Aiden zum Stadtrand verbracht wurde, hatte Krautwick erlesene Gäste, zum einen Sir Isaak Brobonborough, der Vorleser, bei der Queen war und nur in der ER form vorlas, „was hat ER getan, hebe ER sich hinweg", womit er die herablassende Art seiner Königin, karikierte. Zum anderen Lisa van de Houten, die Tochter eines Kakao Milchmischgetränke Herstellers, wie er sich selbst vorstellen würde, der aber nur ein Helfer in einer Milchbar war. Der auf Anweisung Kakao und Honig in den Bechern verrührte, zugegeben eine verantwortungsvolle Aufgabe. Den in Slachtenhaagen/ Holland wurde bei den wenig Spaß verstehenden Slachtenhagenenern, schnell mal der Satz in den Ring geworfen, Ick slaacht diir ab, Du Radde...was erahnen lässt, woher der Name dieses beschaulichen Ortes kommt.
Beide Pioniere der Tourismusbranche, die in diesen Zeiten weder boomte, noch bekannt war, standen am Ortsrand, der gleichzeitig der Strand war, und ließen ihr Augenmerk über die Bucht schweifen, bis Sir Isaak B. Bemerkte „Hey sie haben den Ozean schon fast fertig".
Lisa van Houten schwieg, um die Bedeutung dieses Satzes zu unterstreichen, und weil das

arme Ding, bei der Geburt einige Zeit mit der Nabelschnur um den Hals, vom Gebärsessel baumelte. Die fehlende Luft die 90% ihrer damals schon schütteren Hirnzellen verbrauchte, weil Ihre Mutter und die Hebamme in einer Runde Bridge vertieft waren. Lisa war das 13te Kind, der irischen Mutter, die vor genau 12 Jahren nach Holland ausgewandert war, und zwar von Krautwick aus. Was eine Erklärung ist, wieso Lisa so schmerzfrei und unglücklich das Licht der Welt erfahren hat und warum Sie in Krautwick war.
Die Bedeutung und schwere der Aussage, die haben den Ozean bald fertig, schwang im Äther, da wurde Aiden am Strand abgelegt, ein mitgenommen aussehender Mob, setzte sich um den Delinquenten und man rief den Stallburschen.

Either, ein stämmiger Depp, den man nicht mal zum Bier holen schicken konnte, in den Pub, wo man außerhalb der Öffnungszeiten, sein Killkenny oder KrautEX Port bekam. Mit dem man jedes Unkraut zwischen den Blumenkohlereihen, vernichten konnte.

Es gab den Trick des 24h Services, später wird man einen solchen Laden Tankstelle nennen, den in Irland damals, gab es Öffnungszeiten. Der Trick um an Belalkoholische Ballallen zu kommen bestand darin, dass man einen Schilling, oder ein anderes irisches Geldstück in einen Schlitz werfen konnte. Die fallende Münze, erzeugte ein Pliiing, in einem Kasten , dieser Ton weckte Kator auf, der geschwind, ein blondes oder ein dunkles zapfte, jenes dann in den Ausschank, der in der Mauer eingelassen war, stellte.

 So mancher Vater, Lehensherr auch faule Socke, nutzen diesen Service und schickten, Knecht, Magd oder zum Mundschenk erklärten, außer EITHER...... Either sandte niemand, den der ist nicht nur dumm, der war ein Tollpatsch. Das äußerte sich z.B in dem Umstand, das er es nie schaffte den Guinni, den Taler, Schilling oder Hosenknopf, Kator war kurzsichtig, in den vorgesehenen Schlitz zu verbringen. Jedesmal stürzt er vorher und verbog das Geldstück, das dann nicht mehr in den Einwurfschlitz passte, so blöd war der.
Aber mit Pferden konnte er, wie er das konnte, er mochte Rösser, er mochte seine Tante Molly und wenn man sie so betrachtete, liebte Either wirklich nur Pferde. Den Molly hatte einen gewaltigen Überbiss in dem langen Gesicht, indem Ihr Gatte Malcom, das eine oder andere Mal, nach einem großen Durst auf Kraut EX Porter, das Zaumzeug irrtümlich befestigt hatte.

Pferde, das war sein Leben und er lebte wie eins.
Er wohnte im Stall bei den seinen Liebsten und oft sang er Ihnen etwas vor, wenn sie unruhig waren, meistens einen Ohrwurm dieser Zeit, der in etwa so ging ..."Alllllllll myyyyyyy Loooving", später würde Paul Mc Cartney von den Tantiemen, Glasgow, den Rest von Liverpool und eine Anzahlung für eine Kaufoption der Issle of Weight berappen.

Either, brachte unter dem Applaus der am Strand wartenden, Kortex einen lahmen Klepper, eine Schindmähre, die nicht zur Salami taugte, weil man fürchten müsse, irgendwelche dummen Gene in sich aufzunehmen. Den der Gaul war komisch, unberechenbar und so sollte er zusammen mit Aiden das dörfliche Städtchen verlassen.

Das sollte so stattfinden, dass man Aiden verkehrt herum auf den Pferdelederhaufen auf Hufen schnallte. Dem Kortex eine verpasste und auf seine Unberechenbarkeit hoffte. Die dazu führen sollte, dass entweder der sich aufbäumende Kadaver, des Kortex, den Aiden zerschmettert, zerreibt oder anderweitig zerstört. Andernfalls das beide Hüllen, aus Bindegewebe, Muskeln und Flüssigkeit, welche dem Ozean am Strand

guttäte, sich dahin trollten, und zwar für immer.
Während der Mob sich anschickte, die Körperlichkeit von Aiden auf die des Kortex zu fixieren. Verlass der Bürgermeister, Ihro Gnaden Mc Kinzley, spätere Erben verteilten das Anwaltsbüro dieses Mc Kinzley dann als Sozietät in die ganze Welt, um Recht zu verdrehen, die Schrift, die er eigens dazu verfasst hat.
Wohlmeinend erklärte er, wie man sich verhält, wenn man sich in einer hoffnungslosen Situation befindet:
Freuen Sie sich das es das Leben bisher so gut mit Ihnen gemeint hat.
Wenn ihre Existenz, nicht so wohlwollend mit Ihnen umgesprungen ist, was angesichts Ihrer derzeitigen Situation als wahrscheinlicher gilt, dann freuen Sie sich, das der Schrecken jetzt ein Ende hat, in seinem Beginn, den das Ereignis steht bevor.
Aiden indes befragte sein Inneres, ob er den so bereit sei für all das kommende, er fragte sich über die Zukunft, wird sie nett zu mir sein? Wie es den ist, so verkehrt herum auf dem Ross, und befand, das er es gut getroffen habe, den man hätte ihn ja nach unten hängend, am Kortex fixieren können und das wäre auf jeden Fall, leidlich unbequem.
Jetzt war der Kaplan an der Reihe, er segnete das Duo und kramte seine Bibel hervor, die

zerlesen und daher unvollständig war. Nicht weil er sie jemals gelesen hätte nur einfach so, vom Gebrauch her, den sie eignete sich, um die Messdiener zu züchtigen, indem man sie dem Frechling um die Ohren klopfte.

„Alles wird in Tränen enden, so sprach der Herr, am Anfang wurde das Universum erschaffen, was ein Schritt in die falsche Richtung war, so jedenfalls ist es geschehen. Mein ganzes Leben wusste ich, das auf dieser Welt Böses geschieht, aber es ward nur die normale Paranoia und die bekommt jeder." So und ähnlich näselte der Kaplan, monoton den Sermon herunter, den weder Gott dem seinen, noch ein Jünger es je aufgeschrieben hatte.
Im Dorf wurde vermutet, das der Kaplan des Lesens nicht all zu mächtig war. Vielleicht war er nicht mal ein Geistlicher. Aber als der alte Pfarrer Mc Intosh, von der Franzosenkrankheit zerfressen, wie seine Leber, die nur nicht an Syphilis, sondern dem Messwein fröhnend, in Ausübung seines Dienstes an Gott und der Menschheit mitten in einer heiligen Messe verschied. Böswillige und negativ denkende Beschreiben seinen Tod, als ein Sturz im Vollrausch von der Kanzel. Näher bei Dir mein Gott soll er gelallt haben, was aber für jeden der dort anwesenden deutlicher zu verstehen war, als

die üblichen Predigten, die er sonst zu halten pflegte.
Diese war durchaus einprägsam, anders als die meisten vorangegangenen. Die oft in wüsten Beschimpfungen und Beleidigungen, der Dorfbewohner gipfelte, keiner nahm es ihm übel, einige trugen es dem Pfaffen etwas nach, eventuell alle, aber man sprach nicht darüber, wozu da waren sich die Bewohner eins.
So das viele sich sagten, 6 Tage schuften und am 7-ten Tage, früh aufstehen, nur um von dem Trunkenbold zu erfahren, das man in der Hölle endet. Ne da bleib ich zu Hause, dem Pfarrer gefiel es, den so früh hatte er oft die Kittelschürze seiner Haushälterin an, die ihm tiefe innere Befriedigung gab, seine weibliche Seite wie er sie nannte, die er ausgiebig erforschte.
Heute beobachtet man, vor allem in der katholischen Kirche, diesen Hang zum Kleidchen tragen, Gott zu Dir, mein Geläut … herrlich frei fühlt man sich, aber ich schweife wieder ab.
Was, bitte oh Herr wird den mit Aiden passieren, unterbrach Fitzgerald der kleine Messdiener, seinen Chef.
„Ich lehne die Beantwortung dieser Frage ab, weil ich die Antwort nicht kenne"
„Allein der Herr weiß", sprach der Kaplan.

Aiden meldete sich, „mir ist unwohl, ich fühle mich etwas schlecht und dieses Gefasel, zu fromm, um wahr zu sein."
Heute muss Donnerstag sein, mit Donnerstagen hatte ich immer meine Probleme,
„Zum Glück ist heute Dienstag", meldete sich Fitzgerald unter seinem Messekleidchen.

„Dann ist es der Magen" stellte der Verurteilte erleichtert fest und es begab sich, Aiden übergab sich.
Sofort
Hier sitze ich und kann nicht anders, formulierte Aiden einen Satz, den in veränderter Form später jemand Bedeutenderes sagen sollte. Was ihm einen Eintrag in Wikipedia bescherte, hier am Strand von Krautwick aber niemand verstand, für Aiden änderte es nichts, Wikipedia gab es ja noch nicht.
Da saß er auf, der aufsässige, verkehrt herum und keines Pferdes Hals oder Mähne trübte seinen Blick voraus. Seine Aussicht war FREI und auf das verlassene gerichtet, die Füße unterhalb des Rosses Leib verschnürt an den Steigbügeln, die Arme hinter dem Rücken gegürtet mit des Leders feinster Striemen.
Eine Melodie flog an seinem inneren Ohr vorbei, er spitze die Lippen und pfiff sich eins.
Allways looking the Bright Side of Life, pfiif

pfiif, mit Hilfe der Tantiemen, John Cleese von der Gruppe Monthy Python später, von Paul Mac Cartney Kent und halb Sussex zurückkaufte, weil er diese Grafschaften für sich beanspruchte.

Der Mob indes, prüfte einmal den einwandfreien Sitz der Fesselung, deren Grundelemente später in den 1970 igern, als Dreipunktgurt in selbstfahrenden Wagen, mit dem Slogan erst klicken dann starten, eingesetzt wurden.
Die Prüfung ergab keinerlei Beanstandungen, außer das dieser und jener Prüfer befand, dass die Fesselung zu locker sei und jeder von ihnen zurrte einmal nach. Bis jemand feststellte, dass sich das linke Handgelenk, drohend vom Arm zu entfernen gedenken, würde. Sollte man fester anziehen.
Man könne aber etwas lockern, um das Leid des Aiden zu verringern, was wohlwollend ignoriert wurde.

Aiden glotze entsetzt um sich, er hatte sicher Angst, dass es bald zu regnen anfangen würde, aber im Grunde verstand er nichts vom Wetter.
Er beschloss, sich zurückzulehnen, so weit es die Fesseln erlaubten und einfach nur entsetzt zu sein.

Ab mit Dir, irgendwer aus dem Mob gab dem Kortex, auf dem Aiden so entsetzlich, entsetzt einher schaute, einen Klaps.
Ein anderer, tat ihm gleich und landete seine Pranke auf dem breiten Pferdearsch, nichts passierte, zumindest nicht das, was passieren sollte, den Kortex, das Pferd in Gang, besser in Trab zu bringen und gemeinsam mit dem blanken Entsetzen des Aufsitzenden dem Horizont nahe und dem Ort ferne zu tragen.
Der Delinquent drehte die Augen, röchelte, gab uriges Tonwerk von sich, schaute irre und nicht gescheit, das der kleine Fitzgerald erschrak und sich fürchtete, der Kaplan nahm in beruhigend in den Arm, fasste ihn näher und gab seinen ganzen Trost. Zu grausam der Anblick für den Knaben, doch da passierte es, Kortex zog an, machte einen Satz, einen Blitzstart bockte auf und nieder und setzte sich in Gang.
Aiden überrascht, in seinem Irrsinn aufgegangen, konnte es nicht ausgleichen und rittlings nur umgekehrt rauschte sein Kopf einen Bogen beschreibend, direkt in des Pferdes Ende und bevor ich lange Drumherumschreibe, mitten in den Pferdearsch. Smaaack so das Geräusch, bei der Ausfuhr des Schädels aus dem Enddarmtrakt hörte es sich Glubberiger an, würde Karl May diese Geschichte gekannt

haben, er hätt Sie für Old Shurehand 2 erzählt und von den Tantiemen, Göttingen anteilig erwerben können, auch wenn er eher Sachse war, ich meine jetzt Karl May.

Fitzgerald schaute zum Kaplan auf, vor dem er hockend kniete, eine Stellung, die sonst nur im Seitenschiff der Abtei eingenommen wurde, unter Ausschluss der Öffentlichkeit. Und von der der Kaplan erklärte, sie sei die christlichste, neben der Stellung der Missionare, die ihm aber so gar nicht einleuchtet, da er es lieber ad Verbo, von hinten gerne hatte. Der Kaplan fragte besorgt, seinen Schützling, ob er den Blick des Aiden fürchtete. Dieser schüttelte den Kopf und sagte, da er den braunen Schleier angelegt hätte, wurde die Angst von ihm genommen und er könne das Antlitz ertragen, hier und alle da.

So machte der Aiden sich auf den unfreiwilligen Weg, nichts ahnend was er erleben würde, wen treffen und woher der komische Geschmack kam, das Pelzige auf der Zunge konnte er sich nicht erklären.

Gerne hätte er der Gruppe am Strand gewunken, aber wie sollte das gehen, so gebunden wie er da saß auf Kortex, dem Rappen, mit dem er verbannt wurde.

13. Sweeney immer noch auf dem Weg

Zurück zum Helden, dieser Geschichte dem O´Shea, ja der wurde bisher vernachlässigt, aber was hätte ich, euer Erzähler den machen müssen?
Sollte ich schreiben, und Sweeney lief und rannte und lief, vor allem seine Nase lief, in den Nächten, wenn es feucht war. Würde ich euch langweilen, mit er tat Fuß vor Fuß setzend sein Bestes, dem Ziel näher zu kommen, ich bin der Erzähler, ihr solltet mir vertrauen, zu berichten was berichtenswert ist nicht irgendwelcher Mumpitz. Ich könnte Produkt Placement anbringen, aber das gab es doch gar nicht und ich will das nicht, zumindest nicht vor der Fertigstellung, dieser Erzählung. Oder wenn mir jemand eher zufällig von diesem, nennen wir es Projekt Wind bekommen würde, die Sache für gut befindet und mir dabei im Vorbeigehen, einen Umschlag mit Bargeld, in die Gesäßtaschen der Jeans gleiten lassen würde, steuerfrei ….
Wenn ich die Yachten, die zu führen ich, in dem Leben, außerhalb des Erzählers, schon gerne steuere, ja dann würde ich mich prostituieren, klar bin ich käuflich, meiner

eins verkauft ja dieses Buch, ich hoffe es zumindest.
Sweeney, seid er 2-mal abgebogen, dem rechten Pfad folgend, der linke führt, ins Nirwana. Gab es wenig bis gar nichts zu erzählen, weshalb ich euer ergebener Erzähler neigte, etwas von Aiden zu berichten.
Was ihn umtrieb, forttrieb, und jetzt bin ich wieder beim Star, dieser Geschichte Sweeney, der die Bernadette liebt, die schöne und reine Augenweide, ja lacht nur, ich habe sie durchschaut.

Nein bisher gab es nichts Berichtenswertes, außer das Sweeney hier abbog, da einkehrte.
.... mehrmals abgebogen ist, immer dem Weiser nach, der den Weg zeigt.
Ein paar Begebenheiten gab es ja doch, nichts was der hier lesende nicht schon kennen würde, sondern eher, na gut, ihr seid neugierig, so befriedige ich eure Gier, aber ihr werdet enttäuscht sein.

Nach allerlei Kreuz und Gabelung, erreichte Sweeney den Ort Limerick, in der Grafschaft Limmerick ...

14 Limerick in Limmerick und was ein Limerick ist

Die historische Stadt Limerick am Ufer des mächtigen Flusses Shannon ist unkonventionell, lebendig und einzigartig. Ihr besonderer Charme wird Sie faszinieren: von der wunderschönen georgianischen Architektur und großartigen Museen bis zu den rugbyverrückten Bewohnern.

Georg, der diesen Stile, prägte, neben 3 weiteren Schorsch´s, die indes nichts Geringeres als Könige waren. Wobei Georg der 1, war als Herzog geboren worden, aber dafür konnte er nichts, immerhin aber war er aus der Linie der Welfen, später wurden die Welfen bei den Antimonarchisten berühmt. Durch Ernst August, der gerne an Pavillons pinkelte und daher, der Pippi Prinz genannt wurde.Neben seiner Leidenschaft, seine hübsche Frau zu drangsalieren, prügelte er gerne auf Paparazzi ein, diese gab es schon zu Zeiten dieser Geschichte, nur nannte man sie vornehmer, Hofberichterstatter. Prinz August den Prügelprinzen zusätzlich zu der anderen Affäre, belassen wir es bei PPP (prügelnden,

Pippi machenden Prinzen). Nein nicht der von der bekannten Keksrolle, auch wenn dieser vielen auf den Keks geht.

Der Typ auf der Prinzenrolle, ist keiner von den hier genannten, wie eben erwähnt.

Georg I Vater war, schon ein Ernst August, ob dieser gerne an Pavillons urinierte oder seine Frau schlug, ist nicht überliefert, nicht bis zu mir. Aber in Namensgebungen sind diese Monarchen eher wenig erfinderisch, den nach Georg 1 gab es Georg II, Georg III und VI. Ja und die prägten den Baustile, in Limerick, wie nach Ihnen Victoria, weswegen es dann viktorianischer Baustil geheißen hat, wobei niemand jemals Königin Victoria oder zuvor einen der Georgs, auf einer Baustelle gesehen hat. Höchstens wenn ein Gebäude fertig war, zur Einweihung und der Party. Den Partys mochten diese gelangweilten Monarchen ja alle, wozu hat man den die Steuerabnahmen oder wie sie ja heißen Steuereinnahmen, obgleich ich Abnahme besser finde, weil man hat das Geld dem Volk, ja abgenommen hatte. Georg der erste, musste zuerst mal von Braunschweig, das damals schon so hässlich war, nach Irland kommen.

Seine Familie, die ihn intern Görgen nannte, was nicht besser klingt als Georg, aber zu seiner geistigen Schwerfälligkeit und dem phlegmatischen Auftreten am besten zu passen schien, benannte Görgen, als verantwortungsbewusst und gewissenhaft. So bekam der Georg eine umfassende Fürstenausbildung, ja der Adel muss lernen und dies tat Georgi mit großem Eifer. Schon mit 14 Jahren, nahm der junge Fürst an seinem ersten Krieg teil, weil Schlachten waren damals schon beliebt bei den Adeligen, die ja am wenigsten Risiko zu tragen hatten.

Warum er aber ausgerechnet im holländischen Krieg gegen Frankreich kämpfte, als Braunschweiger Welfe, das ist ebenso ein Mysterium wie der 30-jährige Krieg, in dem zur Mitte hin, schon jede Partei, jeglichen Überblick, über Kampfhandlungen, Gegner und generell verloren hatte.

In den Städten hatte man damals jede Menge Banner und Flaggen. Auf dem Ausguck stand extra jemand, der die anrückenden Horden lokalisieren sollte, sodass ... wenn eine Stadt clever war, man das Banner der näher kommenden Bestien hisste, um zu signalisieren, äätsch ihr habt uns schon besiegt.

Einige Horden nahmen da keine Rücksicht, den Plündern, Brandschatzen und Vergewaltigen war dies einzige Freude in diesen 30 Jahren und man gab sich diesem Pläsier nur zu gerne hin. Georg gammelte von Krieg zu Eroberung und stellte sich auf diesem und jenen Schlachtfeld. Ganz wie es für Herzoge die eine Fürstenausbildung genossen haben, geziemte. Im edlen Wams, eher abseits, zu den seinen und lies die Bauern und Schmiede, die man zu Soldaten erklärt hatte, um die eigenen Händel mit anderem Adelsgesockse zu klären. Heute funktionieren Kriege genauso, nur das eben Politiker ihre Komplexe und gekränkten Gefühle auf ein Schlachtfeld bringen. In der Tradition der Könige, immer schön in Sicherheit, den das Militär blutet für einen, oft die eigene Bevölkerung, aber daher kommt der Begriff Kollateralschaden.

Über den großen Türkenkrieg kam Georg dann nach Ungarn um an dem gewaltigen Feldzug, teilzunehmen.

Von dort wiederum zu den Niederlanden, wieder gegen Frankreich, es war das Rückspiel und eben da lerne er John Churchill Duke of Marlborough , der nichts mit der Cowboy Zigarette zu tun hat kennen, alleine schon weil es anders geschrieben wird.

Nach derlei Barbarei, Blut und Sühne, reiste Georg auf Betreiben seiner Mutter gen England, zu den englischen Verwandten, am Königshof und dann wird es wirr und windig, weil Mama wollte das Georg sich für Sophie von der Pfalz interessierte. Aber das tat er nicht, vögelte lieber mit seiner Mätresse herum, währen Sophie von der Pfalz wollte, dass er Georg sich für Prinzessin Anne interessiert. Was aber nicht gelang und wenn man die letzte bekannte Königinnentochter Anne betrachtet, die eine Ähnlichkeit mit ihrem größten Hobby das Reiten, mit den dazu benötigten Pferden hatte, kann man den Georg durchaus verstehen. Es ging hin und her und drunter und drüber, das drüber soll dem Monarchen gut gefallen haben. Die Mätresse heiratete dann einen Hofrat, ob das von Glück gekrönt wurde, geht uns so wenig an, wie es mich und den geneigten Leser sicher interessiert.

Warum?

Weshalb so mag sich der eine oder andere fragen, erzähle ich das alles, anstatt vom Helden Sweeney zu berichten! Es ist viel interessanter ein kurzes Expose des Königs Georgs zu erstellen und etwas über Limerick in der Grafschaft Limmerick zu erzählen, als vom Sweeney, deswegen!

Den es ist noch immer nichts passiert, das die Leserschaft in einen Bann ziehen könnte oder das geneigt wäre, dieses Buch zu schließen, weiter zu verschenken mit dem Hinweis ich fand es langweilig.

Georg indes der zu dieser Zeit, nicht der Erste war, sondern nur Georg, zog weiter in Kriege, man kann angenehmer reisen und ein Land erkunden, aber so war es nun einmal und warum sollte ich die Geschichte falsch erzählen?

So traf er dann in Spanien ein.

Zuvor rüstete er das größte Heer im Reich aus, Lüneburg – Celle, was man heute kaum glauben mag, wenn man mal aus Versehen nach Lüneburg fährt oder um Celle herum, da es eine prima Umgehungstrasse gibt.

Aber wie wurde aus dem Görges der Georg I, ich habe das recherchiert und finde die Monarchie eher langweilig, bis auf König Heinrich aber um den geht es ja nicht.

Es begab sich, das England sich mit dem Papst überwarf, was nicht schwierig ist, den die Ansichten waren damals schon von gestern, wie sie es bis heute geblieben sind. Der Papst als Vertreter Gottes auf Erden, ohnehin eine Anmaßung und so beschlossen die Engländer, den Act of Settlement, als das Parlament, dass damals schon so aussah wie heute, mit den Perücken und so weiter, was cool ist.

Laut diesem Settlement, sollte die natürliche Erb- Thronfolge umgangen werden, das Gesetz schloss somit, 56 Katholiken erst mal, aus der Erbfolge aus, was die Angelegenheit spannend machte.

Was dann passierte, nannte man Game of Thrones, das heutzutage als eine Serie in zahllosen Staffeln, in der vor allem männliche Genitalien präsentiert werden, zu einer nahezu unglaubwürdigen Geschichte, die jeder historischen Prüfung unmöglich standhält, bekannt ist.

Die Stelle aber in der die blonde Königin nackt durch ihr Volk stakste unter dem monotonen Gebrabbel einer Mutter Oberin, „Schande.Schande....Schande".... hat mir gut gefallen, ich werfe das nur ein, weil bei Sweeney immer noch nichts passiert ist und die Zeit ja überbrückenwerden muss. Ich machs kurz, es wurde in Georgs Leben liederlich und kompliziert und dieser heiratete jene und andere. Selbst Katholiken wurden benachteiligt, ääääätsch und Protestanten bevorzugt und genau so einer war Georg Ludwig, immer noch nicht der erste, aber bald würde er es sein.

Zu Georg I wurde er, genau nach der Thronbesteigung, er löste das Haus der Stuarts ab. Welche seid dem 13 Jahrhundert, die königliche Hauptlinie stellte, nichts bleibt ewig und Maria Stuart könnte davon berichten, den Ihr Leben wurde, aufgrund eines Urteils wegen Hochverrats an der englischen Königin Elisabeth, diese Monarchen haben keine Einfälle für Namen, hingerichtet.

Auch wenn bei Sweeney immer noch nichts Berichtenswertes passiert ist. Es sei den Ihr liebe Leser seid geneigt, zu erfahren, das er bei Kilometer 33 über einen spitzen Stein gestoßen ist. Dem Lieblingssatz der Hamburger bis heute, um das arrogante Hanseatendeutsch zu versinnbildlichen. Er sich den Zeh gar garstig stieß, fast gefallen wäre, sich aber trickreich vor dem Sturz bewahrte und sich ein ausgestoßenes Auge ersparte. Da, direkt vor ihm eine Pferdewagenachse mit einem Nagel lag, unter dieser Achse lag der Lenker des Gespanns, dem weniger trickreich die Pferde durchgegangen waren. Mit der Vorderachse und der Deichsel, was darauf schließen lässt, das englischer Fahrzeugbau schon immer, ein Abenteuer war, vor allem das Lenken dieser Insel- Boliden.

Damals war Rolls Royce eben nicht mit BMW fusioniert, es gab ja beide gar nicht.

Der Kutscher sah recht mitgenommen aus, im umgestürzten Wagen kauerte ein ältliches Fräulein, das nicht nur wegen der Cellulitis nicht mehr so ganz fit ist

sondern den einen oder anderen Knochen zeigte. Welcher im Spitzen Winkel einmal aus dem Oberschenkel, den ansonsten makellos und hocherotisch wirkenden Seidenstrumpf, gehalten, von einem in Spitze gewirkten Strumpfband, dessen Duft jeden Fetischisten aus dem Häuschen getragen hätte, durchstoßen worden wäre.

Am Arm kam so einer zu Vorschein, aber der hat wenigstens kein hochfeines weibliches Accessoire, wie einen Seidenstrumpf durch stoßen.

Der Anblick des ruinierten Fetischs könnte einem das Herz brechen und das Gewimmer das aus der weiblichen Strumpfband tragenden Hülle entwich. Herzerweichend konnte das Mitleid das man mit diesem perfekt, rundgenähten, von der Ferse bis zum Schenkel, mit einer Naht versehen Damenstrumpfes, nicht überbieten.

Schade um den Strumpf, aber die Dame hatte ja 2 Beine, wollen wir hoffen, dass wenigstens der andere, Seidensocken diesen Unfall unbeschadet, ohne eine Laufmasche zu reißen, überstanden hat.

Ich will das jetzt nicht wissen, der Anblick des einen schmerzt bereits genug und da ansonsten bei Sweeney nichts los ist, wende ich mich der Stadt Limmerick in der Grafschaft Limmerick zu.

15. ein weiterer Versuch, einen Limerick zu beschreiben.

Soweit die Werbung und darüber hinaus, wurde Limerick die erste Kulturstadt Irlands, was das Huntmuseum oder die Limerick Gallery of ART heute im 21 Jahrhundert bezeugen kann.

Limerick bietet ein faaaaaaantasitsches Kulturprogramm, Festivalprogramm von den bunten Feierlichkeiten des „St Patricks Day"...

Wer zum Honto, ist Sir Patrick???

Wenn man einem Iren diese Frage stellen würde, bekäme man die Antwort „Er war derjenige, der die Schlangen aus Irland vertrieben hat". Auch wenn diese Aussage schön klingt, ist die wahre Bedeutung weit weniger mystisch.

 Gemeint sind keine echten Schlangen, sondern mehr die „ungläubigen" Druiden.

Patrick war ein Bischof und gilt als erster Missionar Irlands, der das Christentum einführte und so andere Glaubensrichtungen wie die weit verbreitete keltische Religion, deren Priester die Druiden waren, vertrieb. Von der katholischen Kirche wird er deshalb als Heiliger verehrt, was ihm den Titel „Sankt" einbrachte.

Tatsächlich war der Bischof Patrick, wenn auch die meisten Iren davon ausgehen, gar kein Ire, sondern Brite.

Sein Geburtsname war Meawyn Succat und die Geschichte, wie es dazu kam, dass er christlicher Missionar wurde, ist sogar spektakulärer wie seine Missionsarbeit: Als er klein war, wurde er von Piraten gekidnappt und nach Irland verschleppt, wo er es erst sechs Jahre später schaffte, der Gefangenschaft zu entkommen und sich nach diesem traumatischen Erlebnis der christlichen Lehre widmete.

Anschließend reiste er als Priester 30 Jahre lang durchs Land, gründete Schulen, Kirchen und Klöster.

Während der Papst welcher auch immer, außer Urbi et Orbi, nichts zu erzählen hatte. Der geneigte Leser mag dies nicht glauben, doch so war es, so wahr ich hier aus der Geschichte zitiere.

Für Iren ist der St. Patricks Day eher traurig belegt, den an diesem Tag sind sogar in Irland alle Pubs geschlossen!

Lasst diesen Satz kurz, wirken.

Sie sind geschlossen.

Zu.

Nicht auf.

Out of Order.

Closed.

Not available.

Soll ich weiter nach Beispielen, für diese Trostlosigkeit suchen??

Verdammt, es gibt nix zu saufen!

Dafür tragen die Iren am ST Patricks Day GRÜN, ja und alle, Warum?

Am St. Patrick's Day die Farbe Grün zu tragen, ist eher eine moderne Erscheinung. Die eigentliche Couleur des heiligen Patrick ist gar nicht wie das Gras, sondern blau. Ja wie die Iren eben so sind, die Grüne Insel mit Sir Irish Moos, mag es am liebsten Blau zu sein, dabei hatten die gar keinen König, mit cyanfarbenen Blut Oder???

Dennoch hat die Farbe Grün einen Bezug zu seiner Person, denn das dreiblättrige Kleeblatt ist ebenfalls ein Symbol des heiligen Patrick –

ein vierblätteriges zu suchen, das ihm mehr Glück gebracht hätte, dazu war er zu faul.

Mit ihm soll er den Menschen die Dreifaltigkeit (Vater, Sohn, Heiliger Geist) erklärt haben. Dreifaltig, das trifft doch eher auf den Papa den Opa und Uropa zu, nicht auf den Sohn, die hatten alle sicher mehr als 3 Falten, oder Oil Of Olaz. OhOhOh

Mütter und Omas haben Falten, den es sind die Alten, die haben eben Falten, wie gut das es sich sogar reimt.

Doch erst seitdem der 17. März der Nationalfeiertag Irlands ist, nachdem sich Irland im 20. Jahrhundert die Unabhängigkeit erkämpft hatte, werden vermehrt die Farben Grün, Weiß und Orange getragen, um den Tag zu zelebrieren – es sind die Nationalfarben der Iren. Wie geschmackvoll!!!"

Wen, ...wen interessiert schon der irische Nationalfeiertag, außer den Iren?

Grün?

Was hat das ganze mit der Erzählung zu tun?

Ich habe diesen Tag schlicht mit dem Christopher Street Day verwechselt, der seinen Ursprung ja eher in New York hatte, glaube, ich habe zu lange und ausführlich vom Kaplan und Fitzgerald berichtet. Im

Zusammenhang mit Aiden, was meiner Theorie, das der Hauptdarsteller eher eine Pfeife ist neues Futter gewährt.

Ich habe mich geirrt, Entschuldigung, Tschuldigung, ich abbitte mich, nicht in der Benennung, nicht nur in der Thematik, nein auch in der Zeit, den der Christopher Street Day, der meiner Meinung nach völlig überschätzt wird, habe ich mich geirrt.

Damals war schwul sein das, was es war, vorhanden, aber unter diversen Deckmänteln und so nicht für jeden penetrant zu ertragen.

Heute ist Schwulsein, eine Art Mode, nur wer schwul ist, IST! Zu den Ikonen zählen vergangene wie, Klaus Lagerfeld, der für mich immer aussah wie eine lesbische Spanierin. Auch die Tierbändiger in Las Vegas, Dings und Roy, glaub ich und und und, was aber völlig egal ist, den in meiner Erzählung existierten diese gar nicht. Doch ...ich habe St Patrick mit dem Christopher Street Day verwechselt, ja und jetzt habe ich kaum Lust den Irrtum damit zu bezahlen, die Zeilen diesbezüglich zu löschen. Ich bin ja kein Autor, ich bin Erzähler und manchmal vertue ich mich, ist das den schlimm? Ich geb das alles doch nur weiter, ich denke mir das ja nicht aus, wie diese erfolgreichen

Schriftsteller, den das kann ich gar nicht, mangels Phantasie.

Müsst ich ja mehr schreiben, was anderes halt.

Fakt ist, ich war 2 Wochen im Urlaub, in Irland, Schlangen habe ich gesehen, aber nur am Pub kurz vor 22 Uhr oder 10 PM. Wenn die Pubs traditionell wie in England die Scherengitter an der Bar herablassen, Menschenschlangen habe ich ansonsten keine gesehen.

Also war dieser St. Patrick, erfolgreich mit den Schlangen. Geht man heute in eine Datenbank, der Information wegen, erfährt man über Limerick, in der Grafschaft Limmerick, in dem die Festung der Huren besteht Folgendes.

„Limerick ist Irlands erste Kulturstadt. Entdecken Sie die vielfältige Kultur der Stadt zum Beispiel im Hunt Museum oder in der Limerick, City Gallery of Art, die im historischen Carnegie Building untergebracht ist. Außerdem bietet die Stadt ein fantastisches Festivalprogramm – von den bunten Feierlichkeiten zum St Patrick's Day bis zum jährlichen Richard Harris international Film Festival.

So steht es geschrieben und gilt für HEUTE,

Richard Harris, ist nicht dirty Harry, sondern eher ein Sohn Limericks, aber das tut hier nichts zur Sache, da er erst gegen 1930 geboren werden wird.
Aaaaaaaaber, er war der prominenteste Bürger, der je in dieser Stadt gelebt hat, daher erwähne ich ihn, nur um diesen Ort nicht zu traurig wirken, zu lassen. In der Epoche von der ich erzähle, bleibt Glanz und Glamour leider verborgen.

Limerick, was ist das????
Ein Limerick ist ein kurzes, in aller Regel scherzhaftes Gedicht in fünf Zeilen mit dem Reimschema aabba und einem (relativ) festen metrischen Schema, das metrische System wird bis heute von der Insel ferngehalten ....

Hickory, dickory, dock!
The mouse ran up the clock.
The clock struck one –
The mouse ran down.
Hickory, dickory, dock!

In einem bestimmten Typ solcher Kinderreime fand sich das gemeine Volk wieder, aber erst nach 1820, was in unserer Erzählung, also der meinen, völlig egal ist.

Trotzdem scheint Limmerick der Ort zu sein, wo diese naive Reimform entstand!!

Ansonsten war Limerick die Hauptstadt der naiven, wohlwollend gemeint, den in Wahrheit hatte Limerick nicht einmal einen Dorfdeppen, den so ziemlich alle Bürger waren bescheuert, was nicht übertrieben ist. Und weil es nicht weiter geht, mit unserem Helden, der auf dem Weg nach Limerick ist. Und auch der Aiden auf dem Weg ist, auf dem nichts passiert und dieses Buch keine Seiten mehr hat, der Lektor mich zu sich bestellt hat und weil es eben so ist, bleibt ein allerletztes Wort

      ENDE gut, alles Gut.

EPILOG

Das war jetzt krass, mitten in der Erzählung das ENDE, aber ja mit dem Sweeney ist Schluss für heut, keine Bange es gibt ja die ganze Serie.

Vorschau

Die Sweeney O´Shea Reihe

Band 1
Sweeney O´Shea
SoS die wahren Abenteuer.

Der Lektor

Neulich
Irgendwann im 17 Jahrhundert und ein paar mal
Übermorgen

Svenney O´Shea oder besser SOS (Gefahr)wenn dieser Held kommt, ist alles zu spät.
Nur Bernadette seine Liebe, hat dieses „kommen" noch nicht erlebt.

Helden in Strumpfhosen gab es schon aber Sweeney, „to be on Top, ist sein Job" und sein unsagbares Glück verwickelt ihn in einen

Mordanschlag, er erfährt dabei nicht nur das Geheimnis von einem riesigen Schatz.
Mit einer unglaublichen Liebe zu sich selbst, einem Ego groß wie ein Planet und unglaublich wenig Einfühlungsvermögen, bar jeglichen Talents außer dem Gespür für Fettnäpfe und völlig frei von irgendwelchen Werten, Grips und Verstand, schafft es unser Held sich über die Seiten zu retten. Denn dies ist keine Geschichte, es ist eine Erzählung und ich selbst bin jedes Mal, wie der Held selbst überrascht, wie sich alles entwickelt. Der Lektor, hat alle Mühe die Welt, in dieser Erzählung, die so schrill und schräg, wie amüsant ist, mit all seinen Huren, Helden und obskuren Figuren, den Un aber auch den glaubwürdigen Abenteuern, im Griff zu behalten, das<s er gleich selbst zur Figur wird und diese Erzählung aktiv beeinflusst.

Wer ist die Mama San, der Baader oder Gorm, was ist der Ostiarius oder woraus besteht ein Gorg-On-Zolla Gesöff?
Finde es heraus,

Band 2
Sweeney O´Shea
SoS die wahren Abenteuer.
Die Festung der Huren

Wie geht es weiter mit dem Helden, kommt er je an, was wird er in der Hurenfestung vorfinden?

Zuerst einmal führt ihn der Weg nach Limerick in der Grafschaft Limmerick. Im blutigen Knochen, einem Wirtshaus in dem es so zugeht, wie der Name verspricht, erlebt er ein extra Delirium, aus der er gerade mal so noch erwacht, beinahe wäre die Erzählung dort zu Ende gewesen.
Aber sein Hirn macht einen Neustart, ein reboot vom feinsten durch.
Außerdem erzählt Father Keith etwas über die 13 Gebote auf 3 Steintafeln, die Moses direkt von Gott auf einem Berg erhalten hat, von denen aber nur 2 Tafeln unten wieder ankommen.
Der unglückliche Aiden, trifft bei Father Keith ein und alle drei treffen sich dann in der Festung der Huren, genauer bei der Mama San in Lola´s Pinte, im Ort Dun Bleice Don in

Irland, was übersetzt Festung der Huren
bedeutet.

Vorher aber erfahrt ihr, wie man einen guten
Gorg-O-n Zolla braut, wie man Ziegen melkt
und das es gar nicht so einfach ist, wenn es
Böcklein sind.
Wie ein irisches Frühstück geschaffen ist, und
ihr erlebt Bernadette in Rage und ganz heiß.
Ihr Kutscher der Ashton, mit dem Sie als
junges Mädchen eine amouröse Zeit hatte,
bringt sie noch heute überall hin, so zum
Sweeney, den Sie in Limerick überrascht.

Der Lektor kommt natürlich auch wieder vor
und für euren nächsten Spanienurlaub, lernt
ihr in diesem Buch die übelsten Flüche, auf
Spanisch, ganz der Lektor eben.

Ein alter blinder Schreinermeister, der alle
Holzsorten am Geruch erkennt.

Türen die mitten auf der Straße stehen und
durch die man nicht in einen anderen Raum
gelangt, sondern durch den Raum aus Zeit
und man dann ganz woanders hinkommt.
Schwedische Möbelhäuser und natürlich Dun
Bleisce Doon, die Festung der Huren, werden
beschrieben.

Aber auch die Hauptdarsteller, wie die Mama San, der Ostiarius, der Baader, Maria und der Eddie werden ganz genau vorgestellt.
Normal ist von denen keiner, aber deswegen erzähle ich die Geschichte ja.

Lolas Pinte und ob unser Held es schafft im Band 2 dort anzukommen, ich habe so meine Zweifel, werdet ihr in Band 2 auch erfahren oder im Band 3.

Band 3

Sweeney O Shea
SoS die wahren Abenteuer.

Auf Biegen und Brechen

In Band 3 der Reihe um den liebenswerten Tölpel erreicht dieser endlich die Festung der Huren, der erste Schlüssel und somit der erste Schritt zum großen Schatz ist greifbar nahe.
Was den Apfel Adams mit diversen alkoholischen Getränken verbindet.
Und
Was Whisky von Whiskey trennt.
Und
Wie es in Lolá´s Pinte so hergeht, was Sweeney, der endlich angekommen ist,
Dort alles abzieht, wie die Mädchen in Dun Bleisce Don so drauf sind.
Das erfahrt ihr in diesem Teil, aber das ist nicht alles denn,
langsam löst sich das Rätsel um den Lektor.
ZZZ
Zusammenhänge - Zeitachsen - Zy- tronen
Und

Die Biegeeinheiten die Bender, die das Rad
des Universums stabilisieren sollen.
Diese aber von einer unbekannten Macht
sabotiert werden.
Das ganze bekannte Universum ist in Gefahr.
Die Zusammenhänge werden langsam klarer.

Die Universe One, die absolut größte Techno
und Rave Party, aller Welten
wird beschrieben.
Was Tappakopische Perque und Juristen
miteinander zu schaffen haben.
Türen, Port- All e und allerlei Gedöns.
Und
Natürlich Sweeney, der Aiden Father Keith,
die Mama San und ihre Girls
Kortex das Pferd und Duud, der Kater

Die Bibel auf dem Giebel
Hugin und Munin

Es geht um 2 Raben, Hugin und Munin, die Augen des Odin,

die sich immer auf ihrem Ast, einer riesigen Eiche treffen,

der zu einer Villa der O´Shea´s gehört.

An einem stürmischen Abend beobachten die beiden Raben, wie Blätter, Seiten und immer mehr davon an Ihrem Ast vorbeifliegen,

es sind Seiten aus einer Bibel,

Der Bibel genau.
Als Odin oder Wotans Raben, die ja zu Odins Zeiten diesem immer berichteten, was sich auf der Welt so zugetragen hat, können die mit den

Geschichten der Schöpfungsgeschichte gar nichts anfangen, sie veralbern und kommentieren jede einzelne Textzeile bis zum Ende der Schöpfung.

Und dann, sogar über Noahs Arche, es wird gelästert, geulkt ...

Bis Hugin sich wünschte, zu erfahren wie den die Schöpfung nun tatsächlich stattgefunden hat. Ja wenn Odins Raben sich etwas wünschen.

Zapp werden Sie auf einen absolut leeren Planeten verbracht,

dieser Planet ist aber wesentlich mehr, als er scheint,

dort werden Himmelskörper gebaut, designt, ganze Galaxien entworfen,

komplette Universen ja mehrere den es gibt kein Universum,

es existiert ein Multiversum.

Die beiden lernen den Schöpfer kennen, nicht den Gott aus der Bibel, der Schöpfer ist nur einer von vielen weiteren Schöpfer,

so nennen sich die Mitglieder einer alten Gilde, die alles mögliche bauen, erschaffen.

Sie sehen wie ein Planet montiert wird, wie jedes Molekül eine genau Adresse bekommt und wie sich aus Plasmastrahlen, die verschickten Planeten genau an dem Ort installieren, da jedes Molekül seinen Platz kennt, für den sie bestellt wurden. Hugin und Munin lernen die Auftraggeber kennen,

nämlich meistens Götter, Räte oder Erben von reichen TV oder Musikstars, die sich Luxus gönnen und an den Bewohnern Ihren Frust auslassen können,

indem Sie im reichlichen Zubehörmarkt, auch Plagen, Naturkatastrophen, wie Erdbeben und Vulkane oder andere Schikanen erwerben und über die Ihren kommen lassen können.

Während ich das Buch, das einfach nur als Satire über die Bibel,

gedacht war Schrieb, entwickelte es sich dann völlig anders.

Anfangs sind da nur die Bibelpassagen, die von Hugin und Munin bretthart kommentiert und die Widersprüche in diesem schlecht recherchierten Buch entlarvt wurden.

Auf diese Art und Weise sollte es weiter gehen, nach Noah,

wäre das zweite Buch Mose Exodus dran gewesen,

aber wie bei Svenney O`Shea´s wahren Abenteuern,

entwickelten die beiden Raben ein Eigenleben, indem sie selbst zur Geschichte wurden,

die Schöpfung, die sie eben noch verhöhnt hatten, mit eigenen Augen in der Realität,

oder einer der Realitäten wie sie
stattgefunden haben könnte, selbst sehen,

und dabei unmissverständlich erfahren, das
Odin, Walhalla und diese

germanische Schöpfung, noch viel
lächerlicher und unglaubwürdiger ist.
Im Höhepunkt dieser Geschichte taucht
Tsering Khy, ein nepalesischer Lama auf,

der die Reinkarnation aus der Inkarnation
heraus erklärt und in 1000 den Jahren,

einige Inkarnationen und die folgende
Reinkarnation,

das Auflösen durchmachte um am Ende sein
Nirwana, als Computerprogramm,

zu betreten und somit nicht still unsterblich
den Kreislauf des Seins unterbricht, sondern.
...... lest es selbst.

Die Svenney O´Shea Reihe

Teil 4 Die Insel der Druiden

Das wird drollig, mehr kann ich hier nicht verraten.

Zauberer vs. Druiden, eine Insel vor Irland, die sich auf Korsika materialisiert oder manifestiert, die Suche nach den Schlüsseln geht weiter. Hat der Schlüsselmacher auf der Insel etwas damit zu tun?

Wir werden sehen, erst muss die Geschichte erzählt werden